HORROR-TASCHENBUCH

BAND 40

Zuletzt erschienen in der Reihe HORROR TB:

11 Jeffrey Thomas: *MonstroCity*
12 Dan Simmons: *Lovedeath – Liebe und Tod*
13 Brian Hodge: *Rune*
14 F. Paul Wilson: *Das Kastell*
15 Brian Hodge: *Totenstadt*
16 David J. Schow: *Der Schacht*
17 F. Paul Wilson: *Die Gruft*
18 Richard L. Tierney: *Im Haus der Kröte*
19 *Hot Blood 1: Bis dass der Tod euch vereint*
20 *Hot Blood 2: Fremder in der Nacht*
21 Frank Festa (Hg.): *Necrophobia 2 – Die graue Madonna*
22 F. Paul Wilson: *Die Gabe*
23 Frank Festa (Hg.): *Necrophobia 3 – Zart wie Babyhaut*
24 F. Paul Wilson: *Erweckung*
25 Howison/Gelb (Hg.): *Dark Delicacies*
26 Kim Paffenroth: *Dying to Live – Vom Überleben unter Zombies*
27 F. Paul Wilson: *Angriff*
28 Brett McBean: *Die Mutter*
29 F. Paul Wilson: *Nightworld*
30 Greg F. Gifune: *Blutiges Frühjahr*
31 Richard Laymon: *Vampirjäger*
32 Frank Festa (Hg.): *Kannibalen*
33 Kim Paffenroth: *Dying to Live – Die Traurigkeit der Zombies*
34 Jeffrey Thomas: *Tagebuch aus der Hölle*
35 Brett McBean: *Die Bestien*
36 Whitley Strieber: *Wolfen*
37 Tim Curran: *Zerfleischt*
38 Nate Southard: *Red Sky*
39 Bryan Smith: *Verkommen*
40 Richard Laymon: *In den finsteren Wäldern*

IN DEN FINSTEREN WÄLDERN

RICHARD LAYMON

Aus dem Englischen von Michael Krug

FESTA

Die amerikanische Ausgabe dieser ungekürzten
Originalfassung von *The Woods are Dark*
erschien 2008 im Verlag Dorchester Publishing Co., Inc.

Literarische Agentur: Lennart Sane Agency AB
Titelbild: fotolia.com

ISBN 978-3-86552-100-2

FOLGENDES IST PASSIERT ...

von Kelly Laymon

... meine ursprüngliche Fassung von In den finsteren Wäldern *kann nach der umfangreichen Umgestaltung, die mein Lektor von Warner Books verlangt hat, nie mehr wiederhergestellt werden ...*

Richard Laymon

Nun, das Buch, das Sie in Händen halten, ist diese ursprüngliche Fassung. Bevor ich erkläre, wie genau mir das gelungen ist, möchte ich die Geschichte dieses Buches zusammenfassen.

Mein Vater bezeichnete *In den finsteren Wäldern* oft als das Buch, das seine Karriere ruinierte. Die lustige Erklärung dafür lautet, dass Warner Books die vorgeschlagene Umschlagsillustration änderte und das Design um die berüchtigte hässliche grüne Folienprägung ergänzte. Die etwas kompliziertere, unschöne und schmerzliche, aber genauso wahre Erklärung ist, dass Warner Books unzählige Neufassungen forderte und anschließend zu allem Überfluss noch eigene Eingriffe daran vornahm.

Den guten Leuten bei Warner Books gefiel nicht, was abgegeben wurde, und sie hatten mehrere Vorschläge, wie man es verbessern könnte. Sie wollten, dass die Kapitel mit Lander Dills entfernt und andere Handlungsstränge ausgebaut wurden. Obwohl Freunde wie Dean Koontz und Gary Brandner die ursprüngliche Fassung für gut befanden und bereit waren, ihr Lob dafür zitieren zu lassen, erklärte sich mein Vater mit den Änderungen einverstanden.

Ich war jung und eingeschüchtert und ich gab nach. Mann, und wie ich nachgab! Es war erbärmlich. Zu der Zeit wollte ich nur, dass die Leute von Warner Books den Roman annehmen. Ich hatte überhaupt kein Selbstvertrauen.

Richard Laymon

Er war mit der neuen Fassung recht zufrieden. Zwar stimmte es ihn traurig, dass große Teile des Romans entfernt werden mussten, aber alles, was zählte, war, dass Warner mitspielen würde. Dann erhielt er die Fahnen und sah, dass »ein analphabetischer Möchtegernlektor den Text überarbeitet hatte«. An der Stelle artete die Geschichte in den Albtraum jedes Schriftstellers aus.

Sätze, die dieser Schwachsinnige aneinandergereiht hatte, ergaben keinen Sinn mehr. Ganze Absätze waren herausgestrichen worden. Zeitliche Abfolgen waren durcheinandergeraten. Durch Änderungen an der Zeichensetzung waren grammatikalische Fehler entstanden. Ich kann gar nicht beschreiben, wie übel der Roman verstümmelt worden war. Ich war davon dermaßen erschlagen und frustriert, dass ich einmal tatsächlich in Tränen ausgebrach.

Richard Laymon

Er korrigierte jeden einzelnen Fehler und schickte das Manuskript zurück. Danach wurde ihm mitgeteilt, dass es Warner ein Vermögen kosten würde, die Fehler auszubessern, und dies daher nicht infrage käme. Das Chaos wurde unverändert veröffentlicht und verkaufte sich nicht gut. Mein Vater meinte immer, das hätte wahrscheinlich nicht an den Änderungen gelegen; allein der Umschlag hätte gereicht, um die Leute davon abzuhalten, das Buch überhaupt erst aufzuschlagen. Ein winziger Hoffnungsschimmer war, dass die Fehler für spätere, britische Ausgaben beseitigt wurden. Und das Buch eine wesentlich bessere Umschlagsgestaltung erhielt.

Diese Geschichte ist die Erklärung meines Vaters dafür, dass er fast 20 Jahre lang in Großbritannien erfolgreich war, in den Vereinigten Staaten jedoch außer in Anthologien und bei Kleinverlagen nirgendwo erschien. Seine Verkaufschancen waren im Eimer und so etwas verfolgt einen Autor jahrelang.

Das war so ziemlich das Ende der Geschichte.

Bis jetzt.

Die Fassung, die Sie gleich lesen werden, ist jene, die Warner Books ursprünglich vorgelegt wurde und für die Dean Koontz und Gary Brandner lobende Worte fanden. (Und da wir schon dabei sind, die Dinge richtigzustellen, sind ihre Zitate auf dieser Ausgabe zu finden!)

Wer die Warner-Ausgabe gelesen hat, wird feststellen, dass sich die beiden Bücher ab etwa Kapitel 8 stark voneinander unterscheiden.

Wie mir das gelungen ist? Zumal mein Vater selbst gemeint hatte, es sei unmöglich?

Ich bin nicht sicher. Es war alles da. Nur befanden sich die Teile nicht am selben Ort.

Seine 30 Jahre alten Manuskripte lagen in mehreren Kartons verstaut und im Verlauf der letzten sechs oder sieben Jahre spielte ich viele Male mit den verschiedenen Entwürfen herum. Ich war immer überzeugt davon, dass es möglich sei, die ursprüngliche Fassung zu rekonstruieren. Allerdings hatte ich dabei reichlich Fehlstarts. Ich musste mich mit jedem Entwurf des Manuskripts vertraut machen. Nicht anhand des Inhalts der Seiten, sondern anhand der Seiten selbst. Ich wertete sie aufgrund des Stils der Seitennummerierung und anderer Durchgängigkeitsmerkmale aus.

Ich wollte keinen Entwurf lesen, bis sich für mich etwas herauskristallisiert hatte, das ich für das wahre Manuskript hielt.

Und natürlich waren alle Entwürfe von *In den finsteren Wäldern* vollständig und in der richtigen Reihenfolge – bis auf die Fassung, die sich als das Original erwies und über drei verschiedene Orte verteilt war.

Letztlich hatte ich zwei Seitenstapel. Einer bestand aus den ursprünglichen Kapiteln mit Lander Dills. (Diese wurden einmal gesammelt und bei einem Kleinverlag veröffentlicht.) Der andere Stapel enthielt das ursprüngliche Manuskript, in dem etliche Seiten fehlten. Die Lücken entsprachen genau den gelöschten Lander-Dills-Seiten. Die Kapitel und die Seitennummerierungen passten perfekt zueinander. Es war, als mische man zwei Hälften eines Kartenspiels. Alles fügte sich zusammen. Ich erklärte das Werk für vollbracht, las das Manuskript und begann es abzutippen. Wie ich vermutete, hielt es meiner Prüfung stand. Es zeigten sich weder Lücken in der Geschichte noch Fehler in der Durchgängigkeit oder Logik.

Ein kleines Problem allerdings hatte ich: Ich konnte die Seiten 264 und 265 nicht finden. Ich hatte den gesamten Roman und die letzte Seite – nur die vorvorletzte und die vorletzte Seite fehlten.

Handelte es sich lediglich um einen Fall fehlerhafter Seitennummerierung? Alles passte tadellos zusammen. Sollten diese beiden Seiten vielleicht bewusst leer bleiben? Offensichtlich war jedoch, dass diese Seiten den Abschluss der Geschichte von Lander Dills enthalten *mussten*. Es war das einzige ungelöste Problem. Ich sah in der Ausgabe des Kleinverlages mit den aus *In den finsteren Wäldern* gelöschten Szenen nach. Kein Glück. Auch darin fand sich kein Abschluss dieses Handlungsstrangs.

Waren die Seiten für immer verloren? Hatte mein Vater deshalb gesagt, es sei unmöglich, die ursprüngliche Fassung wiederherzustellen?

Ein letztes Mal setzte ich mich mit den Kartons voll Manuskripten hin. Ich hatte keine Ahnung, was ich tun sollte, wenn ich nichts fände. Und ich wollte gar nicht erst daran denken, diese Aufgabe unvollendet lassen zu müssen. Dann stieß ich am Boden des Kartons mit dem handschriftlichen Entwurf auf eine mit Schreibmaschine getippte Seite. Es handelte sich um Seite 264, betitelt mit »Epilog«. In der ersten Zeile sang Lander ein beschwingtes Lied. Die Seite dahinter war Nummer 265 und brachte Landers Geschichte zu Ende.

Ich war so erleichtert, dass ich erst lachte und dann ein wenig weinte. Es war vollbracht. Knapp 30 Jahre lang hatte ein Unrecht bestanden. Das Buch war vor meiner Geburt geschrieben worden, und ich war noch keine 6 Monate alt, als das Manuskript schließlich eingereicht wurde. Als die Sache den Bach runterging, war ich noch ein Baby, doch ich habe die Geschichte zu Lebzeiten meines Vaters viele Male gehört.

Jedenfalls hoffe ich, dass mein Unterfangen keine gewaltige, aber vergebliche Liebesmühe war. Ich hoffe, die langjährigen Fans werden diese ursprüngliche Fassung genauso sehr (oder mehr!) genießen als jene, der sie zuvor ausgesetzt wurden. Und ich hoffe, sie wird den neueren Fans so sehr gefallen, dass sie nie neugierig genug werden, um nach der Warner-Ausgabe bei eBay zu suchen. Aber sollte ich dennoch versagt haben, so hätte es nie getan werden sollen, dann wäre das nur der nächste logische Schritt in der Saga dieses Buches.

KAPITEL 1

Neala O'Hare verlangsamte ihren MG, als die schmale Straße eine Kurve beschrieb. Die Abendsonne befand sich nicht mehr hinter ihr. Schatten der hohen Bäume verhüllten mit ihren dunklen Umhängen die Fahrbahn. Neala nahm ihre Sonnenbrille ab.

Sherri, die neben ihr saß, sog plötzlich scharf die Luft ein.

Neala sah es auch. Sie stieg auf die Bremse.

Ihre Freundin stützte sich reflexartig mit einer Hand an der Windschutzscheibe ab, als der Wagen jäh zum Stehen kam.

Vor ihnen schleppte sich mit kraftvollen, haarigen Armen ein beinloses Ding über die Straße.

»Was um alles in der Welt *ist* das?«, murmelte Sherri.

Neala schüttelte den Kopf.

Dann wandte es sich ihnen zu.

Nealas Hände umklammerten das Lenkrad. Verblüfft

versuchte sie zu begreifen, was sie vor sich sah. Das Gesicht erinnerte nur entfernt an das eines Mannes.

Die Kreatur änderte die Richtung und begann, sich auf den Wagen zuzuschleppen.

»Weg hier!«, rief Sherri. »Schnell! Setz zurück!«

»Was *ist* das?«, fragte Neala.

»Fahr endlich!«

Neala fuhr rückwärts, allerdings langsam, gerade schnell genug, um Abstand zu der sich nähernden Kreatur zu halten. Sie konnte den Blick nicht von deren aufgedunsenem Gesicht abwenden.

»Überfahr es!«, herrschte Sherri sie an.

Neala schüttelte den Kopf. »Das kann ich nicht. Ich glaube, es ist ein Mann.«

»Wen interessiert's? Um Himmels willen, überfahr es und lass uns verschwinden!«

Das Geschöpf richtete sich auf und balancierte auf seinem Rumpf, um die Arme freizubekommen. Es starrte Neala anzüglich an.

»O Gott«, stieß Sherri hervor.

Es fingerte an einer Öffnung seiner pelzigen Weste. Eine Tasche? Dann zog es eine abgetrennte menschliche Hand daraus hervor, küsste deren Handfläche und warf sie. Die Hand flog auf Neala zu. Sie duckte den Kopf, spürte sie in ihrem Haar und schlug sie weg. Die Hand fiel in die Lücke zwischen den Schalensitzen.

Das beinlose Wesen schleppte sich von der Straße und verschwand im Wald.

Neala blickte auf die Hand hinab, auf die gekrümmten Finger, die korallenrot lackierten Nägel, den weißen Hautstreifen, wo sich mal ein Ehering befunden hatte. Sie beugte sich seitwärts über die Tür und übergab sich auf den Asphalt. Anschließend drehte sie sich ihrer Freundin zu.

»Wir müssen sie loswerden«, sagte Sherri.

»Ich ...«

Sherri knurrte, als wäre sie wütend, ergriff die Hand an den Fingern und schleuderte sie aus dem Auto. »Gott!« Angewidert wischte sie sich ihre eigene Hand an den Shorts ab.

Neala raste los.

Während sie fuhr, lief der Zwischenfall in ihrem Geist immer und immer wieder ab. Sie verspürte den Drang, einen Sinn darin zu erkennen, aber egal, wie sehr sie sich konzentrierte, es ergab sich kein Muster, das sie akzeptieren konnte. Die Szene gehörte in einen Albtraum, nicht auf eine friedliche Straße auf dem Weg nach Yosemite.

Sie war froh, als sie eine Ortschaft auftauchen sah – keine besonders große, das war klar. Hier oben in dieser Gegend gab es keine großen.

»Vielleicht haben sie hier eine Polizeistation.«

»Du hast doch nicht etwa vor, anzuhalten!«

»Wir sollten es jemandem sagen.«

»Sag es Pater Higgins, um Himmels willen. Heb's dir für die Beichte auf. Herrgott, lass uns einfach abhauen.«

»Wir können es nicht einfach vergessen.«

»Es vergessen? Jedes Mal, wenn ich die Augen schließe, sehe ich vor mir diescs widerliche, aufgedunsene ...« Sherri schüttelte jäh den Kopf, als wolle sie das Bild abschütteln. »Verdammt, das werde ich *nie* vergessen. Aber wir müssen deswegen nicht rumlaufen und eine große Sache daraus machen, okay? Wir behalten es einfach für uns. Weißt du, was passiert ist, ist passiert.«

Die Hälfte der Ortschaft hatten sie bereits hinter sich gelassen. Vor ihnen sah Neala einen Laden für Angelköder, Terk's Diner und das Sunshine Motor Inn.

»Warum halten wir nicht bei dem Imbiss?«, schlug Neala vor.

»Warum lassen wir es nicht?«

»Komm schon, es ist fast sieben. Wir könnten beide ein Abendessen vertragen.«

»Du meinst, du kannst nach dieser Geschichte noch essen?«

»Ich kann es zumindest versuchen. Auf jeden Fall möchte ich aus dem Auto und mich entspannen. Darüber nachdenken. Darüber reden. Außerdem haben wir keine Ahnung, wann wir das nächste Mal an einem Restaurant vorbeikommen.«

»Du nennst das ein Restaurant?«

»He, das ist genau der richtige Laden für dich. Wahrscheinlich verdreckt, mit schmutzigen Löffeln und zwielichtigen Gestalten.«

Sherri brachte ein Lächeln zustande. »Na schön. Aber das mit dem Freak behalten wir für uns.«

Neala bog auf den Schotterparkplatz ein und stellte den Motor ab. Sie schlossen das Verdeck, kurbelten die Fenster hoch und verriegelten die Türen. Bevor sie sich in Bewegung setzten, streckte sich Neala. Von dem langen Tag im Auto fühlte sie sich völlig steif. Sie stellte sich auf die Zehenspitzen, drückte die Schultern zurück und spürte wohlig, wie sich ihre Muskeln anspannten. Die Bewegung straffte ihre Bluse über ihren Brüsten. Es gefiel ihr, wie sich der Stoff an ihren Nippeln anfühlte. Dabei musste sie dran denken, wie lange es zurücklag, seit sie zuletzt die leidenschaftliche Berührung der Finger oder Zunge eines Mannes an ihren Brüsten gespürt hatte.

Vielleicht würde sie in Yosemite Glück haben.

Und einen rauen Gebirgskerl kennenlernen.

Und für Sherri auch einen. Ich bin ja nicht selbstsüchtig.

»Ich fühle mich fast schon wieder menschlich«, sagte sie, als sie hinter dem Auto zu Sherri trat.

Die beiden überquerten den Schotterparkplatz zum Eingang des Lokals. Sherri zog die Insektenschutztür auf und sie traten ein.

Neala gefiel die Wärme. Die vertrauten Gerüche weckten in ihr die Lust auf einen Cheeseburger mit Pommes. »Theke?«, fragte sie, als sie zwei leere Stühle am Ende erblickte. Die anderen sechs waren besetzt.

»Nehmen wir einen Tisch«, erwiderte Sherri, womit sie Neala überraschte. Für gewöhnlich zog Sherri die Theke vor, wo sie gern Unterhaltungen mit Fremden anfing.

An diesem Abend anscheinend nicht.

Sie nahmen einander gegenüber an einem Tisch etwas abseits Platz. Kurz begegnete Sherris Blick jenem Nealas, dann senkte sie ihn.

»Jetzt sei wieder fröhlich«, forderte Neala sie auf.

»Klar.«

»Sei nicht so. Bitte.«

»Oh, wie sollte ich denn sein?«

»Wie die mutige Siegerin, die alle kennen und bewundern.«

Damit entlockte sie Sherri nicht einmal ein Lächeln.

Neala brauchte dieses Lächeln. Sie hatte sich noch nie so verängstigt, so allein gefühlt. Es war ein denkbar ungünstiger Zeitpunkt dafür, dass Sherri so schweigsam und trübsinnig wurde.

»Hilft es, wenn ich mich entschuldige?«, fragte Neala.

»Du kannst nichts dafür.«

»Der Wanderurlaub war meine Idee.«

»Der Freak war nicht deine Idee.«

»Das ist mal sicher. Aber wenn wir zu Hause geblieben wären ...«

»Schon gut. Vergiss es.«

Die Kellnerin kam. »Tut mir leid, dass ihr warten musstet.«

Sie stellte Gläser mit Wasser auf den Tisch und gab ihnen beiden jeweils eine Speisekarte.

Als sie ging, sahen die beiden jungen Frauen die Speisekarten durch. Normalerweise unterhielten sie sich über das Angebot, entschieden vielleicht, sich Pommes oder Zwiebelringe zu teilen oder diskutierten darüber, ob sie »drauf pfeifen« und nur Milchshakes bestellen sollten. An diesem Abend schwiegen sie beide.

Die Kellnerin kam zurück. »Schon gewählt?«

Neala nickte. »Ich nehme euren Terkburger Special und Eistee.« Sie beobachtete, wie die dürre Frau ihre Bestellung mit ernster Miene notierte.

Kann heute Abend denn gar niemand lächeln?, fragte sie sich.

Mit einem solchen Ring am kleinen Finger sollte sich diese Frau wie ein Schneekönig freuen.

»Ein Rindfleischsandwich mit Zwiebeln und Käse«, sagte Sherri. »Pommes und eine Pepsi.«

Die Frau nickte und ging davon.

Sherri sah ihr mit gerunzelter Stirn nach.

»Hast du ihren Ring gesehen?«, fragte Neala in der Hoffnung, die betretene Stimmung zu durchbrechen.

»Wie hätte ich den übersehen können? Das Ding hätte mich fast geblendet.«

»Glaubst du, er ist aus Glas?«

»Für mich hat er ziemlich echt ausgesehen. Natürlich bin ich keine Expertin. Außerdem habe ich meine Juwelierlupe zu Hause gelassen.«

Neala lachte und erblickte den Ansatz eines Lächelns in Sherris Gesicht. »Hat wie ein Ehering ausgesehen«, meinte sie.

»Falscher Finger. Und falsche Hand. Wahrscheinlich ist sie rausgewachsen.«

»Die? Sie besteht ja nur aus Haut und Knochen.«

»Vielleicht ist es ein Freundschaftsring«, schlug Sherri vor. »Ich könnte so einen Freund brauchen. Dem das Geld nur so aus dem Arsch quillt. Wäre ich diese Frau, ich würde innerhalb von etwa zwei Sekunden auf dieses Kaff scheißen. Mir den Kerl schnappen und in die große Stadt verduften.«

Als die Kellnerin ihr Essen brachte, beobachteten sie beide deren Hand.

»Was glaubst du?«, fragte Neala, als sie fort war.

»Ich glaube, er ist echt.«

Neala biss in ihren Terkburger: eine dicke Frikadelle auf Sesambrötchen. Saft rann ihr übers Kinn. Sie wischte ihn mit dem Handrücken ab und griff nach einer Serviette. »Köstlich«, sagte sie.

»Meins auch«, erwiderte Sherri. Seitlich aus ihrem Sandwich baumelten lasche Zwiebelstreifen.

»Zwiebelatem.«

»Hast du vor, mich zu küssen?«, fragte Sherri.

»Nicht heute Nacht.«

»Verdammt, und dabei hatte ich mich schon so drauf gefreut.«

»Du wirst mit Sicherheit das Zelt vollstinken. Vielleicht sollten wir besser unter freiem Himmel schlafen.«

»Was, wenn es regnet?«, fragte Sherri mit vollem Mund, wodurch ihre Worte gedämpft klangen.

»Dann werden wir nass.«

»Das will ich nicht.«

»Besser nass als Zwiebelgase im Zelt.«

»Ach ja?« Sherri hob die obere Sandwichscheibe hoch, ergriff mit Zeigefinger und Daumen einen verworrenen Klumpen Zwiebeln und ließ ihn auf Nealas Teller fallen. »Du isst auch davon. Zu meiner Absicherung.«

Lachend legte Neala die Zwiebeln auf ihren Terkburger und aß.

Bald waren ihre Teller leer. Neala dachte daran, zum Auto zurückzukehren. Sie wollte es aber nicht.

»Was hältst du von Nachtisch?«, fragte Sherri, als hätte auch sie es nicht eilig damit, zu gehen.

»Gute Idee.«

Dies war kein Zeitpunkt zum Kalorienzählen. Neala zerbrach sich darüber ohnehin selten den Kopf; sie hatte kein Problem damit, ihre schlanke Figur zu halten. Trotzdem fühlte sie sich bei fettigen Desserts immer schuldig. An diesem Abend allerdings war es die Schuldgefühle wert, die Rückkehr zum Auto hinauszuzögern.

Beide bestellten einen Eisbecher mit Karamellsauce. Sie aßen langsam, stocherten in der Eiscreme, in dem dicken warmen Sirup, in der mit gehackten Nüssen bestreuten Schlagsahne.

»Das Ding wird mir gute zwei Zentimeter auf die Hüften packen«, meinte Sherri. Sie war ein Handbreit größer als Neala und hatte breite Schultern, einen üppigen Busen und ausladende Hüften. Sherri war keineswegs dick, aber ein, zwei Zentimeter mehr an der Hüfte würden bei ihr nicht besonders auffallen. Neala beschloss, diese Beobachtung für sich zu behalten.

»Das schuften wir diese Woche locker wieder runter«, sagte sie stattdessen.

»Schon toll, wenn man seinen Urlaub mit Müh und Plag verbringt.«

»Es wird dir gefallen.«

»Klar doch. Es würde mir dann super gefallen, wenn Robert Redford zu unserem Lagerfeuer käme, ich ihn mit meinem Esprit und Charme glatt umhaue und er mich mitnimmt. Aber bei meinem Glück würde er sich in dich verknallen.«

»Ich würde ihn mit dir teilen.«

Als die Eisbecher leer waren, bestellten sie Kaffee.

Danach müssen wir gehen, dachte Neala. *Zurück zum Auto. Zurück auf die schmale, dunkle Straße durch die Wälder.*

Wir können nicht die ganze Nacht hierbleiben.

Sie beobachtete, wie die Kellnerin die hölzerne Eingangstür schloss. Durch das Fenster sah sie, dass die Abenddämmerung angebrochen war. Der Schotter des Parkplatzes zeichnete sich als verschwommenes Grau ab. Auf der anderen Straßenseite blinkte das Schild des Sunshine Motor Inn in tristem Blau. Es zeigte an, dass Zimmer frei waren.

Ihr Blick begegnete jenem Sherris.

»Kommt nicht infrage«, sagte Sherri.

»Ich weiß. Ich will auch nicht bleiben. Ich will nicht gehen und ich will nicht bleiben.«

»Wir werden uns wesentlich besser fühlen, sobald wir einige Meilen hinter uns haben.«

Neala nickte zustimmend.

»Aber bevor wir irgendetwas tun, muss meine Wenigkeit mal aufs Klo.«

Während sie weg war, trank Neala eine weitere Tasse Kaffee.

Als Sherri zurückkam, ging Neala. Die Toilette, die sich im hinteren Bereich des Lokals befand, erwies sich als sauber und angenehm. *Sollte sie auch sein*, dachte Neala. *Immerhin scheint das Lokal stinkreichen Leuten zu gehören.*

Sie kehrte zum Tisch zurück. Sherri hatte das Trinkgeld bereits hingelegt. Sie brachten die Rechnung zur Kasse. Diesmal war Neala mit dem Bezahlen an der Reihe.

Für unterwegs kaufte sie noch zwei Packungen Minzbonbons.

Die Kellnerin ließ Wechselgeld in ihre Hand rieseln. »Beehrt uns bald wieder«, sagte sie.

Sherri griff nach dem Türknauf und versuchte, ihn zu drehen. Er rührte sich nicht. Sie versuchte es erneut. »He, Miss?«, rief sie zur Kellnerin.

Die Köpfe aller Gäste an der Theke drehten sich ihnen zu.

»He, Miss, die Tür klemmt.«

Die Gäste starrten sie an. Ein paar der Jüngeren lächelten, die meisten jedoch schauten düster drein.

»Die klemmt nicht, Schätzchen. Sie ist abgesperrt.«

Neala spürte, wie blanke Angst ihre Eingeweide zusammenkrampfte.

»Wie wär's damit, sie *auf*zusperren?«, fragte Sherri.

»Ich fürchte, das kann ich nicht tun.«

»Ach ja? Und warum nicht?«

»Weil ihr beide hierbleibt.«

Mit einem breiten Grinsen wandte sich die Kellnerin den anderen Gästen zu – denselben Gästen, wie Neala plötzlich erkannte, die bereits an der Theke gesessen hatten, als Sherri und sie vor so langer Zeit angekommen waren.

Schweigend kletterten vier der Männer von ihren Hockern.

KAPITEL 2

Lander Dills schaltete das Fernlicht aus, als sich um eine Kurve ein Wagen näherte. Als das Fahrzeug verschwunden war, schaltete er es wieder ein und verdoppelte so die Helligkeit der Straße und des Walds vor ihm.

»Das ist der Urwald«, verkündete er. »Murmelnde Kiefern und Schierling.«

»Das ist Dad, wenn er sein *Evangeline*-Programm abspult«, sagte Cordelia auf dem Rücksitz zur Erklärung für Ben. »Er hat regelmäßig dichterische Anwandlungen.«

»Macht doch nichts«, meinte Ben.

Guter Junge, dieser Ben. Er konnte zwar Jambus nicht von Daktylus unterscheiden, was ihn nicht mal interessierte, aber er schien einigermaßen intelligent und höflich zu sein. Als Highschool-Lehrer hatte Lander von der anderen Sorte genug für ein Dutzend Leben kennengelernt. Gott sei Dank hatte seine Tochter guten Geschmack, was Freunde anging.

»Longfellow kannte sich aus«, sagte Lander. »Der Urwald. Man kann ihn in den Knochen spüren – die Stille, die Abgeschiedenheit. Da draußen hat sich seit tausend Jahren nichts verändert. ›Beim dunstigen Sumpf von Auber, in dem spukhaften Waldland von Weir.‹«

»Das Poe-Programm«, erklärte Cordelia.

»Mittlerweile hätte ich nichts gegen sein Motel-Programm«, meldete sich Ruth zu Wort.

»Mom ist auch geil.«

»Das habe ich nicht gemeint, Cordie, und das weißt du genau!«

Cordelia und Ben lachten. Das Motel-Programm. Es versetzte Lander einen Stich im Herzen, als er sich seine Tochter unter Ben vorstellte, nackt und stöhnend. So, wie die beiden sich verhielten, hatten sie es bereits getan. Der Gedanke verursachte ihm Übelkeit, als hätte er etwas Kostbares verloren. Allerdings war sie 18. Alt genug, um zu wissen, was sie tat, um ihre eigenen Entscheidungen zu treffen. Er konnte sie nicht davon abhalten. Er wollte es auch nicht versuchen. Trotzdem schmerzte es ihn.

»Wir sollten ziemlich bald nach Barlow kommen«, sagte Ruth und leuchtete mit der Taschenlampe auf die Straßenkarte auf ihrem Schoß. »Wie wär's, wenn wir dort anhalten?«

»Willst du nicht versuchen, zum Mule Ear Lake durchzufahren?«, fragte Lander.

»Bis dorthin sind es noch *Stunden,* Schatz. Wir wären frühestens um Mitternacht dort, und wir haben Mr. Elsworth gesagt, wir würden um neun eintreffen. Wahrscheinlich würde er schon schlafen. Außerdem waren wir den ganzen Tag unterwegs.«

»Wenn wir *tatsächlich* den ganzen Tag unterwegs gewesen wären, dann wären wir inzwischen dort.«

»Da haben wir's«, sagte Cordelia. »Dad, der General.

Seine Vorstellung von Urlaub ist, sich vor Sonnenaufgang auf die Straße zu schwingen.«

»Also, ich persönlich habe kein Problem damit, in diesem Barlow zu übernachten«, gab Lander zurück. »Ich mein's nur gut mit euch.« Er grinste Ruth durch die Dunkelheit an. »Ich hoffe, dir ist klar, dass es dort kein Hyatt geben wird.«

»Solange die Laken sauber sind ...«

»Kinder, möchtet ihr lieber anhalten oder zur Hütte durchfahren?«

»Lass uns anhalten«, antwortete Cordelia. »Das wird lustig.«

»Mir ist beides recht, Mr. Dills.«

»Naja, wir werden sehen«, brummte er.

Er würde nicht darüber streiten. Das war es nicht wert. Lander übernahm gern die Rolle des Anführers, allerdings nur, solange niemand seine Entscheidungen anzweifelte. Und seine Entscheidung war von Anfang an gewesen, durchzufahren. Nun war er überstimmt worden.

Zufrieden und ohne es jemandem zu sagen, wechselte er die Rolle vom Anführer zum Chauffeur.

Wenn sie die Dinge in die Hand nehmen wollten, dann sollten sie ruhig. Er würde sich, der Verantwortung entbunden, zurücklehnen und die Sache beobachten. Mit größter Wahrscheinlichkeit würden sie es vermasseln.

Bald erreichten sie die Ortschaft Barlow. Lander fuhr an einer geschlossenen Tankstelle, einem Gemischtwarenladen und Biffs Eisenwaren- und Sportartikelgeschäft vorbei. Weiter vorne rechts befand sich Terk's Diner. Auf der gegenüberliegenden Straßenseite stand auf der blinkenden blauen Hinweistafel des Sunshine Motor Inn »Zimmer frei« zu lesen.

»Hier wollt ihr bleiben?«, fragte Lander und wurde langsamer. Es war kein richtiges Motel, sondern eine Ansammlung von Hütten hinter einem schäbigen Büro.

»Ich weiß nicht recht«, meinte Ruth zweifelnd.

Lander grinste.

»Was denkst du?«, fragte sie ihn.

»Deine Entscheidung. Sollen wir es versuchen?«

»Was meint ihr, Kinder?«, fragte Ruth.

»Ich weiß auch nicht«, antwortete Cordelia. »Sieht irgendwie unheimlich aus.«

Lander hielt den Wagen mitten auf der Straße an. Er wartete und behielt den Rückspiegel im Auge, falls ein Auto käme.

»Sollen wir?«, wollte Ruth von ihm wissen.

»Wenn du willst.«

»Du bist ja eine große Hilfe«, beschwerte sie sich.

»Sag etwas, dann bleiben wir.«

»Na schön«, meinte Ruth. »Versuchen wir's.«

Lander schaltete den Blinker ein, bog ab und hielt neben dem Büro, in dem Licht brannte. »Ihr könnt ruhig hier warten.«

»Moment«, sagte Ruth. »Was hast du vor?«

»Uns anmelden.«

»Du weißt, was ich meine.«

»Ich glaube kaum, dass wir alle in eine dieser Hütten passen, du etwa?«

Sie schüttelte den Kopf.

»Also besorge ich uns zwei. Eine für die Jungs, eine für die Mädchen.«

»O *Dad!*«

»Nein«, sagte er. »Ich bin gern bereit, die Nacht hier zu verbringen, wenn das alle wollen, aber ich werde nicht Cordelias sexuelle Eskapaden fördern.«

»Lander!«

»Herrgott, Dad!«

»Das war unnötig«, schalt ihn Ruth.

Lander hatte mit einer Auseinandersetzung wegen der Schlafordnung für die Reise gerechnet. Es wäre besser gewesen, das schon vorher zu klären, aber er hatte gehofft, es irgendwie zu vermeiden. »Tut mir leid, aber so sehe ich es nun mal«, blieb er hart. »Solange wir alle zusammen sind, schlafen die beiden nicht in einem Zimmer. Nicht hier, und auch nicht in der Ferienhütte.«

»Na toll«, brummte Cordelia. »Einfach toll.«

»Entweder so, oder wir drehen um und blasen die ganze Sache ab.«

»Damit hätte ich kein Problem«, gab Cordelia zurück.

»Ich aber schon«, warf Ruth ein. »Wir sind hier hochgefahren, um eine schöne Zeit zu verbringen, und das werden wir auch tun. Ich bin mit deinem Vater einer Meinung. Wir haben Ben zu Hause nie erlaubt, die Nacht mit dir zu verbringen, und ich wüsste nicht, weshalb wir jetzt damit anfangen sollten, nur, weil wir im Urlaub sind. Wärt ihr verheiratet, dann wäre das etwas anderes, aber ...«

»Ehe. Die Lizenz zum Vögeln.«

»Wenn du so denkst«, sagte Lander, »dann hast du noch einen weiten Weg vor dir, bis du erwachsen bist.«

»Ich stimme deinen Eltern zu«, meldete sich Ben zu Wort.

»Herzlichen Dank.«

»Nicht wegen dem Erwachsenwerden. Du weißt schon, was ich meine.«

Cordelia seufzte. »Was soll das werden? Verschwören sich heute Abend alle gegen mich?«

»Ich besorge uns die Zimmer«, sagte Lander. Er war froh, das Auto und die Diskussion zu verlassen.

Glocken bimmelten, als er das Büro betrat. Er wartete einige Sekunden an der verwaisten Theke. Dann öffnete sich etwas abseits eine Tür. Ein Mann kam aus dem trüb erhellten Zimmer dahinter. Die Tür schwang hinter ihm zu, jedoch nicht ganz. Es blieb ein Spalt von etwa 10 Zentimetern. Ein Gesicht tauchte dahinter auf und starrte mit einem Auge zu Lander heraus.

»Zimmer?«, fragte der Mann, der recht nett wirkte. Er war mollig und kahl, besaß ein engelsgleiches Lächeln und hätte sich hervorragend für eine Parodie in einer Comedy-TV-Serie geeignet.

»Äh, ja«, antwortete Lander. »Zwei Zimmer.«

Das Auge hinter der Tür beobachtete ihn. Nur ein schmaler Schlitz davon zeigte sich durch das fleischige Lid.

»Wir sind zu viert. Haben Sie Zimmer mit Verbindungstür?«

»Tut mir leid, nein. Aber wir können sie alle in einem Zimmer unterbringen, wenn Sie wollen. Wir haben eines für drei Personen und könnten ein Zusatzbett reinstellen.«

»Nein, schon gut. Haben Sie zwei Zimmer frei?«

»Sicher.« Der Mann lächelte. »Würden Sie bitte das Anmeldeformular ausfüllen?«

Als Lander die erforderlichen Angaben eintrug, zitterte seine Hand leicht. Die Person an der Tür ... Zweimal schaute er auf. Das Gesicht befand sich noch immer hinter dem Spalt. Es war ein altes Gesicht. Ob es einem Mann oder einer Frau gehörte, ließ sich nicht abschätzen. Das Auge blinzelte. Flüssigkeit tropfte aus den Winkeln.

Lander füllte das Formular zu Ende aus und gab es zusammen mit seiner MasterCard zurück.

Der Mann zog die Karte durch die Maschine. »Das macht $ 42,50 für die Zimmer. Eine Nacht. Abreise bis Mittag. Würden Sie bitte hier unterschreiben?«

Lander unterzeichnete die Rechnung.

Er schaute zur Tür. Geschlossen.

»Alles klar, Mr. Dills.« Der Mann bückte sich und richtete sich mit zwei Schlüsseln wieder auf. »Das wären dann die Bungalows Drei und Zwölf.«

»Liegen die nah beisammen?«

»Naja, einer ist gleich hinter dem Büro. Der andere liegt etwas weiter hinten.«

»Haben sie welche, die nicht so weit voneinander entfernt sind?«

»Das ist das Beste, was ich Ihnen anbieten kann, Mr. Dills. Wir sind heute Nacht ziemlich gut belegt.«

»Na schön. Das geht schon so. Danke.«

»Genießen Sie Ihren Aufenthalt bei uns.«

Lander nickte. Er zog die Tür auf und trat hinaus. Erleichtert darüber, das Büro verlassen zu haben, stieg er zurück ins Auto.

»Und?«, erkundigte sich Ruth.

»Hab die Zimmer. Bungalows Drei und Zwölf.« Seine Hand zögerte am Zündschlüssel.

»Was ist?«

»Vermutlich nichts. Wahrscheinlich die Mutter des Kerls.«

»Was?«

»Irgendjemand hat mich beobachtet, während ich da drin war. Hat mich ein wenig nervös gemacht. Er – sie ... was auch immer, die Person hat mich unentwegt durch einen Spalt in der Tür angestarrt.«

»Dad!« Cordelia hörte sich verängstigt an.

»Ich bin sicher, das hat überhaupt nichts zu bedeuten«, meinte Ruth.

»Ja«, pflichtete Lander ihr bei. Er startete den Motor und fuhr langsam auf den dunklen Hof. Die Anwesenheit anderer, in der Nähe geparkter Autos beruhigte ihn. Er war froh, dass sich seine Familie nicht allein in diesem gotterbärmlichen Motel aufhielt.

KAPITEL 3

Während zwei Männer Neala von hinten festhielten, nahm die Kellnerin ihr das Portemonnaie ab und warf es auf die Theke. Ein Mädchen im Teenageralter schnappte es sich und begann, es zu durchwühlen.

»Sie hat coole Schuhe«, fand ein sommersprossiger Junge neben dem Mädchen. »Lass mich die mal sehen.«

»Sie werden dir nicht passen«, meinte das Mädchen.

»Vielleicht doch. Und sie braucht sie ja nicht.«

Die Kellnerin kniete sich hin und zog Neala ihre Laufschuhe aus. Neala versuchte nicht, die Frau davon abzuhalten. Als sie sich zuletzt gewehrt hatte, war ihr von einem der Männer der Arm nach hinten gebogen worden. Sherri, die sich anfangs heftig zur Wehr gesetzt hatte, war mehrmals in den Magen geschlagen worden. Neala hatte vor, sie nehmen zu lassen, was immer sie wollten, und das Beste zu hoffen.

Die Kellnerin warf die Schuhe zu dem Jungen. Der fing sie auf und kletterte auf die Theke, um sie anzuprobieren.

Als Nächstes kam Nealas Armbanduhr an die Reihe, gefolgt von ihrem Schulring von der Loyola Marymount. Die Kellnerin ließ beides in die Tasche ihrer Schürze fallen, wo die Uhr und der Ring zwischen den Münzen ihres Trinkgelds klimperten. Ihre rauen Hände zerrten am Kragen von Nealas alter Arbeitsbluse. Der oberste Knopf sprang davon ab und schlitterte über den Boden. Normalerweise trug Neala eine Halskette aus Gold. Sie war froh, sie für den Wanderausflug zu Hause gelassen zu haben.

Die Frau wischte die Haare von Nealas Ohren zurück, brummte enttäuscht darüber, keine Ohrringe vorzufinden, und schlug sie.

Dann trat sie zur Seite und wiederholte den Vorgang bei Sherri, nahm ihr das Portemonnaie, die Sandalen und ihre zwei Ringe ab. Sherri besaß keine Uhr, aber ihr Kruzifix hing an einer Goldkette um ihren Hals. Die Kellnerin öffnete behutsam den Verschluss und ließ die Kette ebenfalls in ihrer Schürzentasche verschwinden. Sherri schrie auf und wand sich in den Armen der beiden kräftigen Männer, als die Kellnerin ihr die Goldohrringe aus den Ohrläppchen riss.

»War's das?«, fragte einer der Männer, die Sherri festhielten.

»Schätze schon«, antwortete die Kellnerin.

Neala hörte ein metallisches Rasseln. Ihr linker Arm wurde nach unten gezerrt. Eine Handschelle berührte ihr Handgelenk und wurde mit einem kurzen, ratschenden Geräusch geschlossen. Die zweite Handschelle wurde Sherri angelegt.

»Alles klar, Ladys, gehen wir.«

Jemand stieß Sherri. Sie stolperte vorwärts. Die Kette

spannte sich und zerrte an Nealas Handschelle. Die scharfkantigen Ränder gruben sich in Nealas Fleisch. Sie taumelte vorwärts und versuchte, dicht bei Sherri zu bleiben, damit es nicht noch einmal passierte.

»Ich komme mit«, verkündete der sommersprossige Junge.

»Perversling«, schalt ihn das Mädchen.

Mit Nealas Schuhen an den Füßen sprang er von der Theke und rannte zur Hintertür des Lokals. Er hielt sie auf, als die Männer erst Sherri, dann Neala hinausführten.

»Wohin bringt ihr uns?«, wollte Sherri wissen. Für Neala hörte sie sich bemerkenswert ruhig an.

Die Männer antworteten nicht. Sie hatten von Anfang an kaum etwas gesagt. Alle vier verhielten sich still und ernst, als führten sie eine unangenehme Pflicht aus.

Der Junge lief voraus. Am Heck eines alten Pritschenwagens versuchte er, die Klappe zu öffnen. Er mühte sich noch erfolglos damit ab, als einer der Männer bei ihm ankam und ihm half. Zusammen öffneten sie die Klappe. Sie fiel mit einem Scheppern herab, das in der Stille der Nacht laut widerhallte.

Der Junge kletterte auf die Ladefläche, während der Mann zur Kabine ging. Als er einstieg, schoben die anderen Neala und Sherri auf das Heck des Fahrzeugs zu.

»Das ist Entführung«, beschwerte sich Sherri in warnendem Tonfall.

»Das ist das geringste deiner Probleme, Schwester.«

Die beiden jungen Frauen wurden auf die Metallladefläche gehievt. Ein Mann auf dem Boden schwang die Heckklappe zu, die mit einem Knall einrastete. Er verriegelte sie, kletterte an Bord und setzte sich vor Nealas Füßen hin.

Der Pritschenwagen setzte sich in Bewegung und rumpelte über den zerfurchten Parkplatz. Nealas Kopf schlug gegen den Boden. Sie hob ihn.

»Bleib unten«, befahl der Mann neben ihr.

Nach einer Kurve und einem heftigen Ruck wurde die Fahrt ruhiger.

Wir sind auf der Hauptstraße, erkannte Neala. *Unterwegs nach Westen. Zurück in die Richtung, aus der wir gekommen sind.*

»Wohin bringt ihr uns?«, verlangte Sherri erneut zu erfahren.

»Ist nicht weit«, erwiderte der Mann neben ihr.

»Ihr werdet uns umbringen, oder?«

Bei der Frage krampfte sich Nealas Magen zusammen. Warum konnte Sherri nicht einfach die Klappe halten!

»Nicht wir«, antwortete der Mann.

»Ich will sie unter die Lupe nehmen«, verkündete der Junge.

»Nur zu.«

»Um Himmels willen, Shaw«, sagte der Mann neben Neala.

»Ach, lass den Jungen doch«, entgegnete derjenige zu ihren Füßen. »Ist doch nichts dabei.«

»Es ist nicht richtig.«

»Und was, zum Henker, *ist* richtig?«

»Er wird bald zwölf«, erklärte Shaw – der Vater des Jungen? »Er muss Erfahrungen sammeln.«

»Jedes Mal, wenn wir eine hübsche Junge haben, stürzt sich Timmy auf sie. Das ist widerlich.«

»Wirst du langsam schrullig, Robbins?«

»Ich finde einfach nicht, dass es richtig ist. Du etwa? Wir müssen uns schließlich nicht in Barbaren verwandeln, Herrgott noch mal. Eh wir uns versehen, sind wir diejenigen, die vergewaltigen und ...«

»Das ist nicht erlaubt und du weißt es«, fiel Shaw ihm ins Wort.

»Das ist der nächste Schritt, verdammt! Wenn wir Timmy tun lassen, was immer er will, wird er sie als Nächstes vögeln.«

»Nein, werd ich nicht«, widersprach Timmy trotzig.
»Dafür ist er zu klug.«
»Hast du ihm je erzählt, was sie mit Weiss gemacht haben?«
Schweigen.
»Ich will dir keine Angst einjagen, Junge, aber früher hatten wir bei diesen Touren einen Burschen namens Weiss dabei.«
»Halt die Klappe, Robbins.«
»Weiss war auch nicht dumm. Er kannte die Regeln.«
»Robbins!«, herrschte Shaw ihn an.
»Lass es ihn erzählen«, meldete sich der Mann zu Nealas Füßen zu Wort. »Kann nur von Vorteil für den Jungen sein, wenn er es weiß.«
»Vor etwa vier Jahren hatten wir dieses echt schöne Mädchen. Weiss konnte der Versuchung nicht widerstehen. Wir hätten ihn aufhalten sollen. Ich weiß nicht genau, weshalb wir es nicht getan haben, aber ich schätze, wir waren selbst in Versuchung und dachten uns wohl, wir könnten wenigstens zusehen. Schien nichts dabei zu sein. Jedenfalls nahm er sie genau hier auf der Ladefläche.«
»Er hat sie *gefickt?*«, fragte Timmy. Neala hörte Lust in der Stimme des Jungen.
»Ein paar Tage später verschwand er. Weiss mitsamt seiner Familie – seiner Frau und seinen drei Kindern. Sie verschwanden mitten in der Nacht aus ihrem Haus.«
»Vielleicht sind sie weggerannt«, meinte Timmy.
»Nein. Die Krulls haben sie geholt.«
»Woher weißt du das?«
»Wir fanden Beweise«, erklärte Shaw.
»Denk also einfach an Weiss, wenn du den Drang verspürst, unsere Ladys hier zu erforschen.«
»Solange ich sie nicht ficke, ist es aber doch in Ordnung.«

»Herrgott, Junge, schalt dein Hirn ein.«

»Hör auf damit«, fauchte Shaw.

»Dad, darf ich?«

»Lass ihn«, meldete sich der Mann zu Nealas Füßen zu Wort.

»Willst du wie Weiss enden?«, warnte Robbins.

»Aber solange ich sie nicht ficke ...«

»Scheiße«, murmelte Robbins.

»Wir sind fast da«, sagte Shaw. »Mach schon, aber trödel nicht rum.«

Timmy kroch zu Sherris Kopf. Kniend beugte er sich über sie.

»Rühr mich nicht an, Kleiner«, knurrte sie. »Ich schwöre, sonst bring ich dich um.«

Timmy schaute zu seinem Vater.

»Halt's Maul, Schwester.«

»Genau!«, rief Timmy. »Du bist ohnehin bloß eine fette Kuh. Wer würde *dich* schon begrapschen wollen?«

Plötzlich stürzte er sich auf Neala. Sein Bauch drückte gegen ihr Gesicht, seine Hände zogen ihre Bluse von der Hüfte hoch. Sie spürte, wie seine Hände über ihren Bauch rieben, sich unter den Bund ihrer Kordhose schoben. Eine fasste in ihre Unterhose, arbeitete sich tief vor. Finger drückten gegen ihren Schritt und drangen in sie ein.

Mit der freien Hand hämmerte Neala mitten auf Timmys Rücken. Der Schlag ließ ihn zusammenzucken, dann schüttelte ein heftiger Hustenanfall seinen Körper. Seine Hand zog sich zurück, sein Bauch verschwand von Nealas Gesicht.

»Verdammt noch mal, Robbins!«, brüllte Shaw. »Das hättest du nicht zulassen dürfen!«

»Sie hat mich überrascht.«

Timmy kniete über ihr und zitterte, während er hustete.

»Gottverdammter Mistkerl«, murmelte Shaw.

Mittlerweile weinte der Junge. Dann sog er scharf die Luft ein und stieß hervor: »Du!« Mit einer kleinen, aber harten Faust schlug er Neala ins Gesicht. Sie riss den Arm hoch, um den nächsten Hieb abzuwehren, aber Robbins hatte Timmy bereits gestoßen. Der Junge stürzte rückwärts.

»Das reicht«, sagte Robbins.

»Dad!«

»Niemand rührt meinen Jungen an, Kumpel.«

»Ach ja? Ich schon. Der Bengel ist außer Kontrolle. Er fängt an, sich wie ein Scheißkerl aufzuführen, und ich werde nicht zulassen, dass er so weitermacht. Nicht, solange ich bei dieser Tour dabei bin.«

Der Mann zu Nealas Füßen ergriff das Wort. »Was ist bloß in dich gefahren, Robbins? Der Junge wollte doch nur ein bisschen Gefühl für Frauen bekommen. Wieso bist du auf einmal so empfindlich? Letzte Woche hast du ihm noch geholfen. Du bist dem Mädchen auf die Hand gestiegen, schon vergessen?«

»Auch darauf bin ich nicht besonders stolz.«

»Scheiße, bist du plötzlich religiös geworden? Oder ist's etwas anderes?«

»Etwas anderes.«

Der Wagen schlingerte, als er auf einen Trampelpfad bog. Über dem Fahrzeug wurde das Blätterdach des Walds dichter und sperrte das Mondlicht aus.

KAPITEL 4

»Wer will einen Schlummertrunk?«, fragte Lander, nachdem sie ihre Koffer in Bungalow Zwölf getragen hatten.

»Du meinst ’ne Pepsi?«, hakte Cordelia nach.

»Was immer du möchtest. Pepsi, 7-Up, auch etwas Härteres. Wir heben ein paar, um Ben und mich für den langen Weg zurück zu Nummer Drei zu stärken.«

»Dad versucht, uns zu besänftigen«, erklärte sie Ben.

Lander öffnete seine Reisebar. »Für mich Wodka«, verkündete er und lächelte über die Bemerkung seiner Tochter. Immerhin hatte sie recht. Sie mochte eine Besserwisserin und sexbesessen sein, aber sie war nicht dumm. »Einen Manhattan?«, fragte er Ruth.

»Das wäre jetzt genau richtig.«

»Was hättest du gern, Ben?«

Cordelia grinste den Jungen an. »Mach dir keine Hoffnungen«, sagte sie. »Das bekommst du heute Nacht nicht.«

Erfreut stellte Lander fest, dass Ben errötete.

»Nur ’ne Pepsi.«

»Wir haben kein Eis«, stellte Ruth fest.

Cordelia lächelte. »Ich habe neben dem Büro eine Eismaschine gesehen.«

»Ich hole welches«, bot Ben an.

»Guter Mann.«

»Ich komme mit«, erklärte Cordelia. An der Tür drehte sie sich zu Lander um. »Keine Sorge, Dad. Wir werden uns keinen sexuellen Eskapaden hingeben.«

Damit gingen die beiden.

Lander goss Whiskey in eines der Gläser aus seinem Koffer. Er öffnete die kleine Flasche Wermut.

»Da hast du echt in ein Wespennest gestochen«, sagte Ruth.

»Die Wespen waren schon aufgescheucht«, gab Lander zurück. »Ich versuche nur, sie zu zähmen. Und eigentlich nicht mal das. Wenn sie es unbedingt treiben wollen, dann sollen sie es heimlich tun. So ist es ohnehin aufregender. Geklaute Kekse schmecken am besten.«

»Ich weiß nicht recht«, meinte Ruth. »Vielleicht sollten wir sie doch zusammen in einem Zimmer lassen. Immerhin sind sie 18. In ein paar Monaten gehen sie beide nach Santa Barbara, dann haben wir überhaupt keine Möglichkeit mehr, ihnen etwas vorzuschreiben.«

»Umso mehr Grund, es jetzt zu tun.«

»Hier rüber«, flüsterte Cordie. Sie zog Ben zu einem dunklen Pfad zwischen zwei der Hütten.

»Wir sollten besser das Eis holen.«

»Wozu die Eile?«

»Sie warten.«

»Dann lass sie. Komm schon, das ist heute Nacht unsere einzige Chance, allein zu sein.«

»Aber nur eine Minute«, räumte Ben ein. »Wir wollen deinen Dad nicht wütend machen.«

»Ist mir doch egal.«

»Hast du wirklich geglaubt, er würde uns zusammen schlafen lassen?«

»Großer Gott, nein. Dad? Niemals. Aber den Versuch war's wert.« Sie führte Ben in die Schatten, schlang die Arme um ihn und berührte mit den Lippen zart seinen Mund. Zuerst wirkte er zögerlich, mit den Gedanken woanders. Sie küsste ihn inniger, öffnete den Mund, sog seine Zunge in ihren.

Ben zog sie dicht an sich und sie spürte seine Erregung an ihrem Bauch. Wenn sie nur einen Rock statt dieser engen Jeans trüge! Sie stöhnte vor frustriertem Verlangen und rieb den Körper an seinem Glied. Er ging leicht in die Knie. Cordelia presste sich gegen sein Becken, schob eine Hand in seine Hose und streichelte ihn. Eine seiner Hände wanderte in ihre Bluse. Zärtlich knetete er ihre Brust durch den dünnen Stoff ihres BHs.

Plötzlich erzitterte sein gesamter Körper. Er biss ihr auf die Zunge. Seine Hand krampfte sich zusammen und jagte Schmerzen durch ihre Brust. Warme Flüssigkeit ergoss sich in ihre Hand und er sank auf die Knie.

Hinter ihm stand eine grinsende, zahnlose alte Frau und holte mit dem Hammer zu einem zweiten Schlag aus.

»Die brauchen ja ziemlich lange«, beschwerte sich Lander. Er schwenkte seinen warmen Wodka im Glas und trank einen Schluck.

»Sie waren den ganzen Tag nicht allein.«

»Man sollte meinen, sie könnten sich ein wenig in Zurückhaltung üben.«

»Sie sind verliebt, Schatz.«

»Ich weiß, ich weiß.«

Ruth setzte sich neben ihn aufs Bett. »Du bist selbst nicht gerade Weltmeister in Zurückhaltung. Erinnerst du dich an den Abend auf der Verandabank?«

Er lachte leise. »Ich war sicher, dein Dad würde uns erwischen.«

»Und am nächsten Abend hast du ein Ölkännchen mitgebracht.«

»Ich frage mich, ob ihnen je aufgefallen ist, dass das Ding nicht mehr quietschte.«

»Mir auf jeden Fall.«

»In der Nacht habe ich euch beide geschmiert.«

»Herrje, Lander!« Sie stupste ihn verspielt.

»Mir ist nicht entgangen, dass du auch aufgehört hast zu quietschen.«

»Du bist schrecklich!«

Sie küssten sich. Ihre Lippen fühlten sich geschmeidig, warm und vertraut an. Er spürte den sanften Druck ihrer Hand auf seinem Bein. »He«, meinte er. »Wir sollten besser nicht in Fahrt kommen.«

»Besser nicht«, pflichtete sie ihm bei. »Schätze, wir müssen uns in Zurückhaltung üben.«

»Das ist eigentlich nicht das, wonach mir der Sinn steht«, gab er zurück.

Lachend schubste sie ihn. »Wie wär's, wenn *du* das Eis holst? Das bringt dich auf andere Gedanken.«

»Ja, und vielleicht laufe ich den beiden Turteltäubchen über den Weg.« Er ergriff den Zimmerschlüssel und ging hinaus. Draußen vergewisserte er sich, dass die Tür abgesperrt war. Er stieg die Holzstufen hinab und ließ den Blick über die kleinen Hütten auf der gegenüberliegenden Seite der Zufahrt wandern. Keine Spur von Cordelia und Ben. Er schaute ins Auto. Nichts.

Von der Mitte der Schotterzufahrt aus hatte er einen guten Überblick über alle sechs Hütten, das Büro und die Hauptstraße. Er drehte sich um und blickte hinter sich. Dort endete die Zufahrt und ging in den Wald über.

Der Urwald. Die murmelnden Kiefern und Schierlinge ...

Vielleicht waren sie in den Wald gegangen, um zwischen den Schierlingen eine schnelle Nummer zu schieben.

Darüber zu scherzen half nicht.

Es ist kein Scherz, wenn deine Tochter eine Nummer schiebt.

Er stellte sich Cordelia auf dem Rücken vor und Ben zwischen ihren Beinen. Sein Magen krampfte sich schmerzhaft zusammen.

Ich bin besessen, dachte er.

Neidisch?

Blödsinn.

Wo steckten die beiden?

Konnten sie in eine der Hütten gelangt sein? Er betrachtete jede eingehend, drehte sich im Gehen, lief zeitweise rückwärts. Sechs Hütten. Zwölf Zimmer insgesamt. Hinter etwa der Hälfte der Fenster brannte Licht. Vor einigen anderen parkten Autos. Richtige Klapperkisten. Ihm fiel auf, dass eines – ein uralter, verbeulter Buick – sogar einen platten Hinterreifen hatte. Eine der Fensterscheiben war heruntergekurbelt.

Lander schüttelte den Kopf. Nein. Sie würden sich nicht trauen, es im Auto eines Fremden zu tun.

Er blieb stehen und betrachtete jedes Fahrzeug mit neuem Argwohn. Ohne sein Auto waren es insgesamt vier. Die Kinder konnten in jedem davon sein und auf dem Rücksitz knattern.

Knattern?

Landers Gesicht loderte vor Scham, als er die Richtung änderte und über den Schotter zu dem Buick ging. Er trat nah genug hin, um zu erkennen, dass sich niemand auf dem Rücksitz befand, dann schwenkte er ab und näherte sich dem nächsten Wagen.

Ein Maverick. Die rechte Ecke des Hecks erwies sich als übel zugerichtet. Es sah fast so aus, als hätte ein metallfressendes Monster ein Stück davon abgebissen. Lander trat näher und spähte auf den Rücksitz. Ein dunkler Schemen zuckte zusammen und sprang durch das gegenüberliegende Fenster hinaus. Eine Katze. Lander lachte leise über seine Angst. Er klopfte sich auf die Brust, in der sein Herz wie wild hämmerte, dann schaute er abermals in das Auto. Vom Innenspiegel hingen Babyschuhe. Sein Blick senkte sich auf die Lenksäule. Irgendetwas stimmte hier nicht. Er sah sich rasch um und vergewisserte sich, dass er nicht beobachtet wurde, dann öffnete er die Beifahrertür und beugte sich über den Sitz.

Wo sich an der Lenksäule das Zündschloss hätte befinden sollen, erblickte er nur ein rundes Loch.

Hier stimmte tatsächlich etwas nicht.

Er kletterte wieder hinaus, schloss leise die Tür und ging zur Vorderseite. Seine Finger tasteten unter dem Rand der Motorhaube. Er fand die Verriegelung und löste sie. Angeln knarrten, als er die Haube hochklappte.

Keine Batterie.

Kein Kühler, kein Keilriemen, kein Vergaser, kein Luftfilter. Der Motorraum war ausgeweidet worden.

»Großer Gott«, murmelte er und senkte die Haube.

Er rannte über die Zufahrt zu einem verwahrlosten Grand Prix, öffnete dessen Motorhaube. Lander spähte in der Dunkelheit an die Stelle, wo sich der Motor befinden sollte, fand aber keinen vor. Der Wagen glich einer leeren Hülle.

Was war das für ein Motel, in dem nutzlose Autos vor den Zimmern parkten wie ... wie Köder?

Mit einem plötzlichen Anflug von Beklommenheit fragte sich Lander, ob der gesamte Ort verwaist war, ob man nur die Lichter in den Zimmern angelassen und die Wracks wie Attrappen vor die Hütten gerollt hatte ...

Dass die Tragödie »Mensch« benannt ... Der gute alte Poe; er tauchte stets auf, wenn man ihn am wenigsten brauchte. *Und der Eroberer »Wurm« ihr Held.*

Ein Schauspiel. Eine Bühne, die der lächelnde Mann aus dem Büro geschaffen hatte – oder die seltsame Person, die hinter der Tür gelauert hatte.

»Cordelia!«, brüllte Länder. »Cordelia! Ben!« Er wartete, lauschte auf eine Antwort. Alles, was er hörte, waren der Wind in den Bäumen, Grillen und entfernte Frösche, die Geräusche der Vögel, die in der Nacht sangen, als wäre alles in Ordnung, das Gelächter eines Fernsehpublikums.

Am Ende des Hofs schwang eine Tür auf. Ruth kam heraus. »Lander? Was ist?«

Er rannte zu ihr.

»Um Himmels willen ...«

Er schob sie wieder hinein und schloss die Tür.

»Was ist denn los?« Ihr verängstigter Blick bettelte ihn um eine rasche Antwort an. »Die Kinder?«

»Ich habe sie nicht gesehen. Keine Ahnung, wo sie sind, aber hier stimmt etwas nicht. All diese Autos sind Attrappen.«

»Ich verstehe nicht ...« Sie schüttelte den Kopf.

»Ich weiß nicht, was hier vor sich geht, aber ... Erinnerst du dich an Norman Bates?«

»Wen?«

»Anthony Perkins. *Psycho?* Das Hotel ...«

»Lander, hör auf!«

»Ich glaube, das ist gar kein echtes Motel. Ich denke, es ist eine Art Falle.»

»Nein!«

Lander lehnte sich an die Tür und rieb sich das Gesicht. Als überzeugter Pazifist hatte er Schusswaffen immer verabscheut. Nun wünschte er bei Gott, eine zu besitzen.

»Was sollen wir tun?«

»Ich weiß es nicht«, erwiderte er.

»Cordelia ist da draußen!«

»Vielleicht irre ich mich ja. Vielleicht ist alles ... völlig harmlos und die Kinder sind im Wald und vergnügen sich. Ich weiß es nicht.«

Mit leiser, angespannter Stimme sagte Ruth: »Dann sollten wir es besser herausfinden.«

»Wie?«

»Wir gehen rüber zum Büro ...«

»O ja, tolle Idee.«

»Was schlägst du denn vor?«

Lander blickte zum Telefon und verwarf den Gedanken sofort. Es bestand keine Möglichkeit, nach draußen zu telefonieren, ohne über die Schaltzentrale des Motels vermittelt zu werden. »Wir könnten Hilfe holen«, murmelte er. »Es muss hier Polizei geben, einen Sheriff ...«

Ruth streckte die Hand nach dem Türknauf aus.

Er packte ihr Handgelenk.

»Ich gehe jetzt raus und suche meine Tochter«, erklärte sie. »Lass mich sofort los.«

»Warte! Wir müssen nachdenken.«

»Von wegen! Während du nachdenkst, könnte Cordie wer weiß was passieren!« Sie riss ihre Hand los, ergriff den Knauf und zog die Tür auf.

Lander ließ sich zurückfallen und schlug sie zu. »Verdammt noch mal, Ruth!«

»Lass mich raus!«

Das Telefon klingelte. Das jähe Geräusch erschreckte Lander. Ruths Kopf fuhr herum. Beide verharrten reglos und starrten auf den schwarzen Apparat, als dieser erneut klingelte.

Lander rannte hin. Beim dritten Klingeln hob er ab. »Hallo?«

»Mr. Dills, hier ist Roy aus dem Büro.«

»Ja?«

»Ihre Tochter ist hier bei mir. Sie möchte gern mit Ihnen reden.«

Den Blick auf Ruth gerichtet, wartete Lander.

»Was ist?«, flüsterte seine Frau, brachte die Worte kaum heraus.

»Daddy?« Die Stimme seiner Tochter klang schrill vor Panik.

»Liebling, was ist los?«

»O Dad! Sie ... Ben! Ich glaube, er ist tot!«

»Wo bist du?«

»Nein. Komm nicht her. Sie werden dich umbringen.«

»Bist du im Büro?«

»Lass dich nicht von ihnen erwischen!«

Er gab Ruth ein Zeichen. »Warte, deine Mutter will mit dir reden.«

Ruth eilte durch das Zimmer. Lander reichte ihr den Hörer. »Hallo, Cordie?«

»Sorg dafür, dass sie weiterredet«, flüsterte Lander.

Ruth nickte.

Er rannte zur Tür, riss sie auf und hastete hinaus. Irgendetwas – ein Draht? – verfing sich an seinem Fuß. Als er kopfüber stürzte, erhaschte er einen kurzen Blick auf eine grinsende alte Frau, die mit untergeschlagenen Beinen auf der Motorhaube seines Autos saß und einen Hammer in der Hand hielt. Dann landete Lander im Schotter neben dem Vorderrad.

Mit einem freudigen Aufschrei stürzte sich die Frau auf ihn.

KAPITEL 5

Der Pritschenwagen holperte über eine unebene Schotterstraße. Seit dem Aufhebens um Timmy herrschte unter den Männern frostiges Schweigen.

Neala wünschte, sie würden reden oder auch streiten. Die Diskussion wegen dieses notgeilen Bengels hatte ihre Gedanken von ihrer eigenen Situation abgelenkt. Nun kehrte ihre Angst schwarz und lähmend mit Bildern von Vergewaltigung und Folter zurück.

Sie begann zu weinen. Neala wollte es nicht – sie wollte weder, dass die Männer ihre Schwäche mitbekamen, noch, dass Sherri durch ihre Verzweiflung noch mehr verängstigt wurde. Aber sie konnte nicht anders. Neala fühlte sich allein und völlig hilflos. Wie damals, als sie sich im Wald verirrt hatte.

Sie war erst sechs gewesen, trotzdem erinnerte sie sich noch genau daran, wie es sich angefühlt hatte. Ihre Familie war zum Zelten in der Nähe des Spider Lake in Wisconsin gewesen. Dad erzählte am Lagerfeuer unheimliche Geschichten, während sie alle heiße Schokolade tranken. Die heiße Schokolade war letztlich schuld – Neala erwachte mitten in der Nacht mit einem entsetzlichen Druck auf der Blase. Sie schüttelte Betty wach, aber ihre ältere Schwester weigerte sich, den Schlafsack zu verlassen.

Neala musste so dringend, dass sie sich nicht einmal anzog. Nur in ihrer Unterhose schlich sie aus dem kleinen Zelt. Die frostige Brise ließ sie schaudern. Barfuß durchquerte sie das Lager. Der Boden fühlte sich feucht und kalt unter ihren Füßen an.

Ein Stück entfernt hinter dem Lager hatte ihr Vater ein Loch gegraben. Eine »Latrine«, wie er es nannte. Neala war schon mehrmals dort gewesen, aber noch nie nachts.

Auf der Suche nach der Latrine wanderte sie weit in den dunklen Wald. Sie konnte sie nicht finden. Schließlich gab sie auf und hockte sich neben eine Birke. Erleichtert trat sie den Rückweg zum Lager an. Sie glaubte zu wissen, wo es sich befand, aber sie lief und lief, ohne ihr Ziel zu erreichen. Als sie zu einer seltsamen, vom Mondlicht erhellten Wiese gelangte, wurde ihr klar, dass sie sich verirrt hatte. Sie rief nach Mom und Dad. Sie rief nach Betty. Niemand kam.

Da wurde sie davon erfasst – von der entsetzlichen Angst, die damit einherging, mitten in der Nacht hilflos und allein zu sein. Blind vor Tränen stolperte sie über die Wiese, heulte vor Furcht und hoffte, ihre Familie würde sie hören und kommen.

Aber was, wenn jemand anderer statt ihrer Eltern sie hörte? Einer dieser schwarzen Männer, von denen Dad am Lagerfeuer erzählt hatte? Oder der grauenhafte Wendigo? Oder eine Hexe wie jene, die versucht hatte, Hänsel und Gretel zu fressen?

Neala hielt sich den Mund zu, um ihr Wimmern zu unterdrücken, und flüchtete von der Wiese. Im Wald rannte sie, so schnell sie konnte, wagte nicht, zurückzuschauen, schließlich konnte etwas Fürchterliches hinter ihr herjagen. Sie stolperte über Wurzeln. Spinnweben blieben an ihrer nackten Haut kleben. Zweige peitschten sie. Trotzdem rannte sie weiter, bis sie zu einer weiteren Lichtung gelangte und im Mondschein das Auto erblickte.

Ihr Auto.

Sie hatten es zurückgelassen und waren lange gewandert, bevor sie das Lager aufschlugen. Neala war nicht sicher, weshalb.

Die Türen waren verriegelt, deshalb kroch sie unter den Wagen. Das Gras darunter erwies sich als trocken. Versteckt und in Sicherheit lag sie da und zitterte die ganze Nacht hindurch.

Als ihr Vater sie am nächsten Morgen fand, weinte er. Sie weinten beide, weil letztlich doch noch alles gut geworden war.

Und sie lebten glücklich bis an ihr Ende, dachte Neala*, bis vier Männer und ein Junge das Mädchen in einen Pritschenwagen verfrachteten und sie an einen geheimen Ort im Wald brachten, um ...*

Der Wagen hielt an.

Robbins und Shaw kletterten hinaus. »Du wartest hier«, befahl Shaw seinem Sohn.

Der Mann zu Nealas Füßen sprang über die Heckklappe und entriegelte sie. Knarrend und mit einem Klirren schwang die Klappe auf. Der Mann packte Neala an den Fußgelenken und zog. Sie rutschte über die Metallladefläche.

Timmy, der neben ihren Kopf kroch, fasste plötzlich nach unten und riss ihre Bluse auf. Sie versuchte, ihn mit der freien Hand wegzuschlagen, aber er erwies sich als zu flink.

Dann quetschte er ihre Brüste, als wolle er sie ausdrücken. Neala schrie auf. Ihre Faust traf ihn so heftig im Gesicht, dass ihre Knöchel schmerzten. Timmy heulte auf und kippte nach hinten.

Dann wurde sie hinter dem Pritschenwagen auf die Füße gestellt. Sherri stand neben ihr.

»Alles in Ordnung?«, fragte Sherri.

»Maul halten«, befahl Shaw.

»Gehen wir«, sagte Robbins. Sein Griff um Nealas Arm war fest, aber nicht schmerzlich wie der des anderen Mannes.

Sie gingen zur Front des Wagens. Der Fahrer hatte die Scheinwerfer eingeschaltet gelassen. Die Lichtstrahlen erhellten einen Weg über eine Lichtung, die jener ähnelte, auf die Neala gestoßen war, als sie sich als Kind im Wald verlaufen hatte, wenngleich das 20 Jahre zurücklag und sich der Ort 2.000 Meilen entfernt befand.

Ein Stück entfernt schien sich das Licht der abwärts geneigten Scheinwerfer in den Boden zu bohren. Das Feld jenseits der Stelle lag im Dunklen.

»Warum, zum Teufel, hast du nicht näher geparkt?«, flüsterte Shaw zum Fahrer.

»Halt die Klappe.«

»Mann, die sind wahrscheinlich überall um uns herum.«

»Liefergruppen greifen sie nicht an«, sagte der Mann rechts von Neala.

»Es gibt für alles ein erstes Mal, Philips.«

»Ich würde es nicht verschreien.«

»Ich verstehe trotzdem nicht, warum er so verflucht weit weg parken musste.«

»Mir war einfach danach«, erklärte der Fahrer. »Wie wär's, wenn du jetzt die Fresse hältst?«

Auf der Lichtung stand eine Reihe von sechs Bäumen. Neala starrte sie an. Sie ragten hoch auf und besaßen dicke

Stämme. Die hoch gelegenen Äste, die sich im Mondlicht abzeichneten, waren völlig kahl.

Was sie nicht sein sollten – nicht im Sommer. Sie sollten vor Blättern strotzen, die im Wind zitterten.

Die Bäume sind tot, erkannte Neala.

Sechs tote Bäume in einer Reihe.

»Nein«, stieß sie hervor.

»Es ist alles gut«, flüsterte Robbins.

»Nein, bringt uns nicht dorthin. Bitte.« Sie versuchte, sich zu wehren, aber die Männer schoben sie erbarmungslos vorwärts.

»Bleib einfach ruhig«, sagte Robbins.

»Bitte! Sie sind tot! Ich will dort nicht hin. Bitte!«

Schmerz betäubte ihr rechtes Bein, als Philips ihr ein Knie hineinrammte. »Reiß dich zusammen, Schwester«, fauchte er.

»Geht's?«, fragte Robbins.

»Nein!«

»Herrgott, Philips.«

»Dich hat's ja wirklich schwer erwischt, Kumpel. Sei besser vorsichtig.«

»Haltet alle die Klappe«, herrschte der Fahrer sie an.

Sie blieben unter einem der Bäume stehen.

»Lehn dich zurück«, sagte Robbins.

»Ich ...«

Philips stieß Neala. Ihr Rücken und Kopf prallten gegen den Stamm. Philips hielt sie fest, während Shaw und der Fahrer Sherri gegen denselben Baum pressten. Sie hörte das Rasseln von Handschellen. Dann packte der Fahrer ihren rechten Arm, zog ihn nach hinten und legte ihr die Handschelle an. Als sie den Hals streckte, konnte sie erkennen, dass nun auch ihr anderer Arm an Sherri gekettet war.

Rücken an Rücken standen sie da, der Baumstamm zwischen ihnen.

»Das genügt«, sagte der Fahrer. Er griff an seinen Hals, wo etwas an einer Kette hing. Er hob den Gegenstand an den Mund. Eine Pfeife. Er blies einen langen, schrillen Ton, der die Stille der Nacht zerriss wie der Schrei eines grausigen Vogels. Danach ließ er die Pfeife zurückfallen. »Verschwinden wir«, sagte er.

Drei der Männer rannten los. Derjenige namens Robbins entfernte sich rücklings und schüttelte dabei den Kopf. »Es tut mir leid«, murmelte er. Dann drehte er sich um und folgte den anderen im Laufschritt zurück zum Pritschenwagen. Ihre Schatten huschten flackernd durch das Licht der Scheinwerfer, ehe sie hinter dem Leuchten verschwanden. Neala hörte, wie die Heckklappe geschlossen und die Türen zugeworfen wurden. Der Motor erwachte brüllend zum Leben. Die Scheinwerfer schwenkten zur Seite und weg. Eine Zeit lang blieben die roten Heckleuchten zittrig erkennbar, dann verschwanden auch sie.

»Ich hoffe, diese Dreckskerle verrotten in der Hölle«, stieß Sherri hervor.

KAPITEL 6

Der Lieferwagen blieb vor Robbins' Haus stehen, und er sprang hinaus auf den Asphalt.

»Nichts für ungut«, sagte Shaw, womit er auf sein Verhalten von vorhin anspielte.

»Gleichfalls«, gab Robbins zurück.

Timmy saß stumm neben seinem Vater. »Sag gute Nacht zu Mr. Robbins«, forderte Shaw ihn auf.

»Nacht«, murmelte Timmy.

»Ja.«

Der Wagen fuhr weiter.

Robbins öffnete den Riegel seines Eingangstors. Er überquerte den Rasen zu seinem dunklen Haus und setzte sich auf die Verandatreppe. Mit um die Knie geschlungenen Armen starrte er auf den Boden.

Verdammt, diese eine Frau hatte irgendetwas an sich gehabt – die Kleinere. Er war schon jahrelang bei den

Liefertouren dabei, seit er 16 geworden war, aber so hatte er sich noch nie gefühlt.

Keine Frau hatte je eine solche Empfindung in ihm ausgelöst. Klar, es gab einige, die er gern mochte, und manche behaupteten sogar, ihn zu lieben. Wenn er den Drang nach Spaß im Bett verspürte, konnte er sich eine aussuchen. Aber keine wie diese.

Diese Frau war anders. Nur neben ihr zu sitzen, ihre Hand zu halten, leise die Nacht hindurch mit ihr zu reden ...

Im Morgengrauen würde sie tot sein.

Er spürte den Verlust bereits jetzt wie eine Leere in seiner Brust.

Er würde sie nie wiedersehen.

Ginge es nur um ihn, würde er vielleicht dorthin zurückkehren, und vielleicht, wenn es noch nicht zu spät wäre ... Er könnte auf jeden Fall entkommen. Aber sie würden sich Peggy holen. Und Hank. Und deren Kinder.

Alle würden verschwinden müssen. Die ganze Familie.

Und warum eigentlich nicht? Wenn sie es über die Grenze schafften, würde ihnen nichts mehr passieren. Er könnte die Frau vielleicht nach Los Angeles bringen ...

Du vertrödelst hier mit deiner Träumerei ihr Leben!

Robbins sprang auf die Beine, hastete über die Veranda und riss die Vordertür auf. Seine Hand drückte den Lichtschalter. Er blinzelte in der plötzlichen Helligkeit, durchquerte das Zimmer und öffnete seinen Waffenschrank. Robbins holte seine 30-30 Winchester heraus, ergriff eine Schachtel Patronen und rannte wieder hinaus.

Sein alter Buick parkte auf der Straße. Er raste die zwei Blocks zum Haus seiner Schwester, stieg aus und lief zur Insektenschutztür. Nach einem kurzen, heftigen Klopfen trat er ein.

»Peggy!«

Mit Besorgnis im rundlichen Gesicht kam sie aus der Küche.

»Du meine Güte, Johnny ...«

»Ich muss mit dir reden. Draußen.«

Hank tauchte an der Küchentür auf. Er musterte Robbins argwöhnisch. »Was gibt's?«, fragte er.

»Nichts. Will nur kurz mit Peg reden.«

Hank verengte die Augen zu Schlitzen. »Ein großes Geheimnis, was?«

»Sie wird dir alles erzählen.« Damit packte Robbins den fleischigen Arm seiner Schwester und zog sie zur Tür hinaus. Er eilte über den Rasen und schleifte sie mit.

»Wir hauen heute Nacht von hier ab«, verkündete er.

»Was?«

»Die Tour heute. Da war eine junge Frau dabei. Ich gehe zurück und hole sie.«

»Johnny, nein!«

»Ich muss.«

»Großer Gott! O du mein lieber Gott!«

»Wir verschwinden von hier. Wir alle.«

»Nein!«

»Ich komme zurück, so schnell ich kann. Sorg dafür, dass Hank und die Kinder bereit zum Aufbruch sind.«

»Hank wird nicht gehen. Das weißt du. Er würde um nichts in der Welt von hier weggehen.«

»Dann ist das sein Problem.«

»Johnny, das kannst du uns nicht antun!«

»Willst du den Rest deines Lebens hier verbringen? Willst du das, Peg? Willst du, dass Jenny und Bill so aufwachsen, wie wir es mussten? Willst du, dass sie so wie der Rest von uns zu Mördern werden?«

Mittlerweile weinte sie. Die Tränen glitzerten in ihren Augen und rannen über ihre Wangen. »Wir können nicht weg!«

»Und ob ihr das könnt.«

»Aber Hank ...«

»Wenn er nicht mitkommen will, dann zur Hölle mit ihm. Ihr wärt ohne ihn sowieso besser dran.«

»Ich weiß, aber ...«

»Er kann euch nicht aufhalten.« Johnny umarmte seine Schwester innig. »Mach dir keine Sorgen, okay? Wir schaffen das.«

Peggy schüttelte den Kopf. »Tu uns das nicht an. Bitte, Johnny, tu es nicht.«

»Eine halbe Stunde«, erwiderte er nur und stieg ins Auto.

KAPITEL 7

»Wir müssen hier weg«, sagte Neala.

»Und wie genau willst du das anstellen?«

»Ich weiß es nicht.« Nealas Stimme kippte und ging in ein Schluchzen über. Sie drehte die Hände, zerrte an den Handschellen, die sie an den Baum fesselten.

»Wir sollten uns schnell etwas einfallen lassen«, meinte Sherri. »Dieses Pfeifen war eine Art Signal.«

»Vielleicht können wir die Hände rausziehen.«

»Versuchen wir's.«

Die beiden verrenkten an dem rindenlosen Baum hinter ihnen die Handgelenke.

»Bei mir sitzen sie fürchterlich fest«, sagte Sherri.

»Meine linke scheint ein klein wenig ...«

»O verdammt!«, stieß Sherri hervor und senkte die Stimme zu einem Flüstern.

»Was ist?«

»Auf dem Baum ist jemand.«

Neala schaute nach rechts und neigte den Kopf zurück.

»Nein, in der anderen Richtung. Neben uns.«

Sie drehte sich nach links und ließ den Blick über den verwitterten Stamm hinaufwandern. Zuerst sah sie nur unebenmäßige Äste, die im Mondlicht bleich wie ausgelöste Knochen wirkten. Dann bewegte sich einer davon, und sie begriff, dass es sich um ein Bein handelte. Ein zweites baumelte daneben. Neala folgte den Beinen nach oben zu einem nackten Oberschenkel und Rumpf. Darüber konnte sie einen Kopf mit zottigem Haar ausmachen. Falls die Gestalt Brüste hatte, konnte Neala sie nicht erkennen. »Lebt der?«, flüsterte Neala.

»Kann ich nicht sagen. Sieht für mich eher tot aus.«

Neala spähte weiter nach oben. Die Gestalt schien rittlings auf einem Ast zu sitzen, mit den Armen an den Seiten. Der Kopf war abwärts geneigt, als beobachte er sie. »Ich glaube, eines der Beine hat sich bewegt«, sagte sie. »Könnte aber auch der Wind gewesen sein.«

»Das hoffe ich.«

»Du hoffst, dass er tot ist?«, fragte Neala.

»Scheiße, ja. Oder wäre dir lieber, er kommt runter und nimmt sich uns vor?«

»Sag so etwas nicht.«

»Wahrscheinlich ist er einer von *denen,* was auch immer *die* sind. Ich meine, warum sonst sollte er hier draußen sein?«

Neala erwiderte nichts. Sie starrte zu der reglosen Gestalt hinauf, bis sie das Geräusch eines Automotors dazu brachte, den Blick davon zu lösen. Auf der gegenüberliegenden Seite der Lichtung tauchten Scheinwerfer auf.

»Sie kommen zurück!«

Als sich die Scheinwerfer näherten, fiel Neala auf, dass

sie höher wirkten als die des Pritschenwagens. »Das ist jemand anderes«, sagte sie. »In einem Van, glaube ich.«

Das Fahrzeug kam durch die Dunkelheit und blieb nicht dort stehen, wo der Pritschenwagen angehalten hatte. Der Strahl der Scheinwerfer wanderte über den Boden, als suche er nach Neala. Dann erfasste er sie und verharrte, wurde ein wenig trüber, als der Motor abgestellt wurde.

»Was passiert gerade?«, wollte Sherri wissen.

»Ich kann nichts sehen«, flüsterte Neala und kniff die Augen gegen die Helligkeit zusammen. »Eben ist jemand ausgestiegen. Ich glaube, er ist zum Heck gegangen.«

»Endstation«, sagte die vergnügte Stimme eines Mannes. »Alles aussteigen.«

Eine Frau lachte gackernd.

»Ich denke, wir sollten tun, was sie sagen.« Die Stimme eines anderen Mannes. Verängstigt.

»Daddy!«, rief ein Mädchen.

»Hier, halt Bens Handgelenk fest.«

»Was wollt ihr von uns?«, verlangte eine Frau zu erfahren.

Wieder ein kehliges Kichern.

»Ich weiß, was Rosenblüte will«, antwortete der vergnügt klingende Mann. »Sie will euch mit ihrem Hammer das Hirn aus den Schädeln schlagen. Und ich werde sie auch lassen, wenn ihr nicht schnell macht.«

»Scheißkerl.« Das kam von dem Mädchen. Dann schrie sie vor Schmerz auf.

»Verdammt noch mal, lass sie in Ruhe!«

»Wir haben nicht die ganze Nacht Zeit.«

Mehrere Gestalten tauchten in der Dunkelheit hinter den Scheinwerfern auf. Als sie sich näherten, erblickte Neala vier Personen in einer Reihe, alle mit Handschellen aneinandergekettet. Auf einer Seite befand sich eine Frau, dann ein Mann. Die Person auf seiner anderen Seite war bewusstlos. Der Mann und ein Mädchen hielten je einen Arm des Bewusstlosen und schleiften seinen schlaffen Körper zwischen sich mit.

»Schaut«, sagte die Frau.

»Hi«, brachte Neala hervor.

»Geht nach rechts«, befahl der Vergnügte. Nun konnte Neala ihn hinter den anderen sehen. Er war mollig und hielt eine Pistole. Neben ihm humpelte eine alte, gebückte Frau einher und schwang einen Hammer über dem Kopf.

»Hallo, junge Frau«, begrüßte sie der Mann mit der Waffe. Er ging um die Gruppe herum und trat zu Neala. Grinsend sah er sie an. Mit dem Lauf der Pistole schob er eine Seite von Nealas Bluse beiseite. Sie spürte, wie die kalte Mündung über ihren Nippel strich. »Du bist ja mal eine Hübsche. Ausgesprochen hübsch. Ich wette, der kleine Timmy hat sich über dich hergemacht.«

»Lass mich in Ruhe«, zischte sie.

»Ach, der kleine Timmy. Er weiß sozusagen, worauf's ankommt.« Der Mann lachte und legte die freie Hand auf ihre andere Brust, drückte sie, als wolle er prüfen, wie fest sie war, dann schnippte er mit einem Finger über den Nippel. »Mmm. Manchmal beneide ich diese Krulls. Ja wirklich. Gib mir eine kleine Kostprobe.« Damit bückte er sich und leckte über ihren Nippel. Neala trat ihn. Er grunzte, hüpfte zurück und umklammerte seinen Oberschenkel. »O Mann! Da hast du noch mal Glück gehabt, richtiges Glück.« Er drehte sich halb den vier aneinandergeketteten Zuschauern zu. »Fast hättest du mich in die Kronjuwelen getroffen!«

»Nein!«, stieß Neala hervor, als er herumwirbelte, die Pistole anhob und auf ihr Gesicht zielte. Er schoss. Die Kugel schlug über ihrem Kopf in den Baum ein. Der Mann senkte den Lauf und feuerte erneut. Die Kugel durchschlug den Schritt ihrer Kordhose und verfehlte Neala um Haaresbreite.

»Ha, ha. Das war ich dir schuldig.« Er wandte sich ab. »In Ordnung, Leute, die Show ist vorbei. Bildet um den Baum da einen Kreis.«

Als die vier seine Anweisung befolgten, begann die alte Frau, auf Neala zuzuhumpeln.

»Geh weg!«, kreischte Neala.

Rosenblüte schwang den Hammer, als wolle sie beweisen, wie gut sie in Form war. Sie legte den Kopf schief und lachte. Dann hinkte sie zur Rückseite des Baums.

»Wenn du mich anrührst, bring ich dich um«, fauchte Sherri.

Weiteres Gelächter von der Alten.

»Geh weg! Verdammt noch mal, ich bring dich um ... AUA! Verfluchte Scheiße!«

Die Handschellen gruben sich in Nealas Fleisch, als Sherri sich wand und austrat.

Die alte Frau quiekte, und Neala sah, wie sie seitwärts aus Sherris Reichweite humpelte. Neala trat nach ihr und verfehlte sie. Rosenblüte hüpfte vorwärts und schwang den Hammer. Er krachte in Nealas Schulter.

Ein schriller Pfiff ließ die Vettel innehalten.

»Gehen wir, Mutter«, sagte der mollige Kerl.

Seite an Seite eilten die beiden zum Van. Die Türen wurden geschlossen, der Motor sprang an, und der Wagen setzte zurück. Er wendete nicht, sondern rollte rückwärts über die Lichtung, bis er im Wald verschwand.

»Was passiert jetzt?«, fragte das Mädchen unter dem anderen Baum. Die vier Neuankömmlinge bildeten einen Kreis um den Stamm, die Hände aneinandergekettet, als spielten sie Ringelreigen.

»Ihr Mädchen«, rief der Mann. »Wisst ihr, was hier vor sich geht?«

Neala schüttelte den Kopf.

»Sie haben uns ... entführt!«, sagte er. »Direkt aus dem Motel.«

»Wir waren in dem Lokal gegenüber«, rief Sherri zurück.

»Wisst ihr, weshalb sie uns hierhergebracht haben?«, fragte die Frau.

»Für die Krulls«, antwortete Sherri.

»Die was?«

»Krulls. Ich weiß auch nicht. Krulls. Wir sind Opfer oder so.«

»Das ist doch verrückt«, meldete sich der Mann zu Wort.

»Was Sie nicht sagen«, murmelte Sherri.

»Das ist verrückt«, wiederholte der Mann.

»Da haben Sie verdammt recht«, bestätigte Sherri. »Hören Sie, wir müssen von hier verschwinden. Diese Dinger werden uns holen kommen. Eines ist schon da.« Sie deutete hoch in den Baum über den vier Fremden.

Neala schaute ebenso wie die anderen hinauf und sah, wie die bleiche Gestalt plötzlich begann, sich herunterzuschwingen, indem sie sich von Ast zu Ast nach unten hangelte.

»O mein Gott!«

Panisches Geschrei brach bei den Leuten unter dem Baum aus, als das Ding den Stamm herabkam. Sie warfen sich vorwärts, versuchten zu fliehen, und schrien vor Schmerz auf, als ihnen die Handschellen ins Fleisch schnitten. Der Bewusstlose, dessen Armen ein heftiger Ruck versetzt wurde, hob den Kopf. Die anderen schienen es nicht zu bemerken. Sie zappelten und wanden sich, als der nackte Kerl aus dem Baum in ihrem Kreis landete.

Er sprang der Frau auf den Rücken. Ihr Gewicht peitschte sie vorwärts, bis der Ring der Arme sie bremste. Sie federte zurück und der gesamte Kreis ging zu Boden.

Der seltsame, knochige Mann kam unter der Frau zu

liegen. Neala sah, wie er die Beine um die Oberschenkel der Frau schlang. Seine Hände tauchten unter ihren ausgestreckten Armen auf und zerrten wild an der Bluse, während sie über ihm zappelte. Mit einem Ruck riss er den Stoff zurück. Sein Mund senkte sich auf ihre linke Schulter und sie kreischte.

Er wand sich unter ihr hervor, kroch zu ihren strampelnden Füßen, kniete sich über sie und packte ein Bein. Sein Mund öffnete sich weit. Die Frau brüllte wie am Spieß, als er ihr Fleisch aus der Wade riss.

»He!«

Er hob kauend den Kopf und schaute in den Wald hinter ihm.

Auch Neala blickte in die Richtung.

Ein Fremder kam auf sie zugerannt.

Der nackte Mann stand auf. Sein zottiger Kopf zuckte von Seite zu Seite, als hoffe er, Hilfe zu finden. Dann preschte er mit einem Aufschrei, der Neala einen kalten Schauder über den Rücken jagte, auf den Neuankömmling zu.

Der blieb stehen und hob ein Gewehr an. Ein Schuss peitschte durch die Nacht und der nackte Mann stürzte vorwärts.

Durch das Summen in ihren Ohren hörte Neala, wie im Wald ringsum ein Gebrüll ausbrach, das an ein hundertfaches Echo des letzten Schreis des toten Mannes erinnerte.

KAPITEL 8

Robbins rannte an der Leiche vorbei. Ohne auf das Geschrei der Vierergruppe zu achten, steuerte er auf den Baum mit den beiden Frauen zu. Er schlang sich das Gewehr über die Schulter, steckte eine Hand in die Tasche und holte einen Schlüssel hervor.

»Wir verschwinden von hier.«

Die Frau, die er wollte, starrte ihn verwirrt an.

Er trat an ihre rechte Seite und schloss die Handschelle auf.

»Du bist einer der Männer vom Pritschenwagen«, sagte sie.

»Stimmt. Ich bringe euch weg von hier. Ich habe dort drüben zwischen den Bäumen ein Auto stehen.« Er ging an ihr vorbei und begann, ihr anderes Handgelenk zu befreien. »Bist du eine gute Läuferin?«, fragte er.

Sie zuckte mit den Schultern.

»Wie heißt du?«

»Neala.«

»Ich bin Johnny Robbins.«

»Ich bin Sherri«, stellte sich die größere Frau vor, die hinter dem Baum hervorkam. Sie streckte ihre Hände aus, von denen die zwei leeren Handschellen baumelten. »Wärst du so nett?«

Rasch entfernte er auch ihre Handschellen. Dann zog er sein Gewehr von der Schulter und ließ den Blick prüfend über die Ränder der Lichtung wandern. Über das Gebrüll der anderen Gefangenen konnte er das Geheul der Krulls hören. Noch war jedoch nichts von ihnen zu sehen.

»Alles klar«, sagte er. »Hier lang.«

»Warte«, hielt Neala ihn zurück. »Wir können *die* nicht hierlassen.« Sie nickte in Richtung der anderen.

»Und ob wir können. Gehen wir.« Er ergriff Nealas Arm, aber sie riss sich mit einem Ruck los.

»Ohne sie gehe ich nicht.«

»Scheiße«, stieß ihre Freundin hervor.

Neala wirbelte zu ihr herum. »Was ist bloß los mit dir? Wie kannst du auch nur daran *denken,* diese Leute zurückzulassen?«

»Um meinen eigenen Hintern zu retten, verdammt noch mal.«

»Das können wir nicht tun!«

Robbins stöhnte. Es war dumm, Zeit damit zu vergeuden, die anderen zu befreien. Die Verzögerung konnte sich als tödlich erweisen. Aber wenn er es nicht wenigstens versuchte, würde er wohl keine besonderen Chancen bei Neala haben. »Na schön«, gab er sich geschlagen. »Bleibt dicht bei mir.«

Sie folgten ihm zu dem anderen Baum.

»Alle die Klappe halten!«, herrschte er die vier an.

Sie verstummten. Robbins trat vor den älteren der beiden Männer. »Du musst dich um die anderen kümmern«, erklärte er und befreite sein rechtes Handgelenk. »Ich lasse dir den Schlüssel hier. Wir gehen voraus. Wenn ich kann, halte ich den Wagen für euch an.« Die andere Handschelle schnappte auf. Er drückte dem Mann den Schlüssel in die Hand. »Viel Glück.« Er drehte sich zu Neala um. »Okay?«

»Okay.«

»Dann nichts wie weg.«

Sie rannten los. Robbins übernahm die Führung, hielt sich jedoch zurück, um bei den Frauen zu bleiben. Sie waren wesentlich langsamer, als er erwartet hatte. Verdammt, er hätte den Wagen näher abstellen sollen. Er hatte ihn viel zu weit entfernt geparkt, weil er sich zu Fuß nähern wollte. Reinschleichen, wieder rausschleichen. Mit etwas Glück hätte er Neala rasch und leise befreien und unterwegs sein können, bevor jemand etwas mitbekam. Wenn er diesen einen Mistkerl nicht erschossen hätte ...

Sie hatten den Rand der Lichtung beinahe erreicht, als Neala ihn am Arm packte. »Warte«, stieß sie keuchend hervor. »Wir müssen warten.«

»Was?«

Sie deutete zu der Gruppe, die sich immer noch bei der fernen Baumreihe befand. Der Mann war gerade damit beschäftigt, die Handschellen aufzuschließen.

»Vergiss sie«, herrschte Robbins sie an.

»Wie sollen sie das Auto finden?«

»Ist doch egal. Komm jetzt.«

»Herrgott, Neala!«, sagte Sherri knurrend.

»Schaut!« Robbins deutete auf eine noch weit entfernte Gestalt, die über das Feld auf die Gruppe zueilte. »Da ist noch einer. Und noch einer.« Als er den Blick über die Lichtung wandern ließ, entdeckte er ein halbes Dutzend dunkler

Schemen; einige rannten, andere humpelten, einer robbte wie ein Krebs über den Boden.

»O mein Gott!«, entfuhr es Neala.

»In ein paar Minuten werden es Dutzende sein. Wenn wir noch länger bleiben, kriegen sie uns auch.« Er zog Neala in den Wald. Zuerst versuchte sie noch, sich zu befreien, dann rannte sie dicht hinter ihm. Er preschte zwischen dunklen Baumstämmen hindurch, kämpfte sich durch hüfthohes Gebüsch, wich Gestrüpp aus, das zu dicht war, um es zu durchdringen, sprang auf einen umgestürzten Baumstamm und hüpfte auf der anderen Seite zu Boden.

Während die Frauen ihm folgten, hielt er inne und lauschte. Das Geheul war verstummt, aber er hörte in der Nähe Krulls – Füße, die über Laub trampelten, rasselnder Atem, das Kauderwelsch ihrer seltsamen Sprache.

»Wir sind fast da«, flüsterte er.

»Die sind überall«, murmelte Sherri. »Das schaffen wir nie.«

»Wir schaffen es.«

Sie liefen weiter. Schließlich erreichten sie das Ende der Straße, wo Robbins sein Auto geparkt hatte. Sein Blick suchte die Umgebung rasch ab. »Alles klar«, sagte er. »Kommt.«

Tief geduckt rannte er zum Wagen. Die Frauen blieben dicht hinter ihm. Robbins legte die Hand auf den Türgriff. Als er die Tür aufziehen wollte, bemerkte er eine Bewegung. Er schaute auf.

Das Gesicht hinter der Autoscheibe verzog sich und entblößte Zähne.

Neala stieß einen erstickten, verängstigten Schrei aus.

Robbins starrte das Gesicht an. Es war schlimm vernarbt. Die Nase glich einem knorrigen Wulst, als wäre sie bei einem Kampf abgekaut worden.

Fünf weitere Gesichter befanden sich im Wagen, alle in seine Richtung gewandt.

Etwas packte seinen Fuß. Er taumelte rückwärts, prallte gegen die Mädchen und trat nach der Hand, die seinen Knöchel festhielt. Drei Krulls begannen, unter dem Auto hervorzurobben.

Die Türen öffneten sich.

Robbins schwang das Gewehr an die Schulter, zielte rasch auf das Gesicht ohne Nase und feuerte. Die Schädeldecke flog davon.

»Weg hier!«, brüllte er.

»Wohin?«

Er schoss erneut; diesmal traf er ein Auge einer der Gestalten an der hinteren Tür.

»Lauft! Um Himmels willen, lauft!«

Von den Handschellen befreit, rannten sie los. Lander übernahm die Spitze und führte die anderen über die Lichtung zu der Stelle, an der die drei Fremden im Wald verschwunden waren.

Er hielt ungeachtet der Schüsse darauf zu, ungeachtet der Frau, die aus dieser Richtung auf sie zukam. Sie war allein, eine bucklige alte Vettel mit weißem Haar und pendelartigen Brüsten, die ihr bis über den Bauch schlackerten. Wenngleich sie mit einer Machete bewaffnet war, konnte sie sich durch ihren verkrüppelten Rücken nicht schnell bewegen. Lander hatte vor, einfach um sie herumzulaufen.

»Dad!«

Jäh schaute er zurück und erblickte einen Mann, der Cordelia verfolgte. Knapp dahinter kamen zwei weitere. Ben ließ sich zurückfallen und rammte den, der sich am nächsten befand, mit der Schulter. Beide stürzten seitwärts.

Lander drehte den Kopf wieder nach vorn und sah die alte

Frau, die auf ihn zuhumpelte. Als sie die Machete schwang, hechtete er zur Seite. Er hörte, wie die Klinge durch die Luft sauste, sah sie an seiner Wange vorbeischnellen, spürte den Luftzug. Lander stolperte und fiel. Die Vettel eilte mit schwingenden Armen hinter ihm her. Sie stand über ihm. Und hob die Machete an.

Wimmernd presste Lander die Augen zu.

Die Klinge stieß nicht herab.

»Lander!«

Er schaute auf. Ruth befand sich hinter der Alten, umklammerte deren erhobenen Arm und zerrte sie rückwärts.

Lander rappelte sich auf die Beine und rammte ein Knie in den schlaffen Bauch. Fauliger Atem blies ihm ins Gesicht. Er fasste mit beiden Händen nach oben und entwand der Frau die Machete.

Sogleich hackte er damit seitwärts, achtete darauf, nicht Ruths um die Kehle der Alten geschlungenen Arm zu treffen. Die Klinge hieb in eine der herabhängenden Brüste. Voll Grauen beobachtete er, wie der bleiche Fleischsack vom Körper abfiel.

Ruth ließ los, als die Frau brüllend auf die Knie fiel. Lander schwang die Machete kerzengerade nach unten. Sie verfehlte die Kopfmitte, glitt ab, riss die Hälfte der Kopfhaut weg und grub sich in eine Schulter. Er versuchte es erneut, und diesmal spaltete er den Schädel.

Mit einem schnellen Ruck zog er die Klinge heraus. Er rannte zu der Stelle, wo Ben und Cordelia gegen drei Männer kämpften. Einer hatte die Arme um Cordelias Mitte geschlungen und versuchte, sie hochzuheben. Sie trat nach hinten aus und wand sich. Lander umkreiste den Mann, allerdings drehte sich dieser ebenfalls, sodass Cordelia im Weg blieb. Schließlich warf sich Lander gegen seine Tochter. Der Mann taumelte rücklings und fiel. Als er auf dem

Boden landete, befreite sich Cordelia von ihm, und Lander schlug zu. Die Klinge stieß in einen emporgestreckten Arm. Der Mann brüllte vor Schmerz. Er rollte sich zur Seite, und Landers nächster Hieb ging daneben. Dann sprang der Verwundete auf die Beine und rannte weg.

Lander drehte sich zu Ben um. Der Junge saß rittlings auf einem der Angreifer und schlug ihm ins Gesicht. Ein zweiter Mann befand sich hinter Ben und war im Begriff, einen Knüppel gegen ihn zu schwingen. Lander traf den Stehenden in die Wirbelsäule. Mit einem Aufschrei versteifte sich der Körper des Mannes, und er ließ den Knüppel fallen. Einen weißen Knüppel. Einen Knochen mit einem Kugelgelenk an einem Ende.

»Dad!«, rief Cordelia.

Lander versuchte, die Machete zu befreien. Sie steckte im Rücken des Mannes fest.

»Dad! Großer Gott!«

Ruth war bereits weit entfernt, 40 oder 50 Meter, fast am Waldrand – über der Schulter einer großen, bleichen Gestalt hängend.

Lander wirbelte herum. »Ben, runter!«

Ben rollte sich weg. Der halb bewusstlose Mann hob den Kopf. Lander trat hart zu und der Mann erschlaffte.

Er drehte sich um und sah gerade noch, wie Ruth im Wald verschwand.

»Bleibt dicht bei mir!«, rief er und nahm die Verfolgung auf.

Etwas rechts kamen drei Leute zwischen den Bäumen hervorgerannt.

»Da drüben!«, brüllte Lander ihnen zu. »Da drüben! Sie haben meine Frau!«

Die beiden Gruppen begegneten sich und betraten den Wald.

KAPITEL 9

Nealas Füße pochten vor Schmerz. Dutzende Male verfluchte sie diesen kleinen Scheißer Timmy dafür, dass er ihr die Schuhe gestohlen hatte. Die Schmerzen und die Wut halfen ihr, an der Realität festzuhalten, als sie dem Mann namens Robbins zu dessen Auto folgte, das Fahrzeug voll mit Krulls vorfand wie eine seltsame Familie bei Urlaubsantritt, dabei zusah, wie er zwei davon erschoss, und um ihr Leben von dem Wagen wegrannte.

Anfangs hatte sie Erleichterung darüber verspürt, wieder mit der anderen Gruppe vereint zu sein. Gemeinsam waren sie stärker. Allerdings hielt der Mann, Lander, nichts davon, sich leise zu verhalten und zu verstecken. Er wollte nur seine Frau finden, selbst wenn der Rest von ihnen dabei draufginge.

»Wir finden sie nie«, sagte Robbins, nachdem sie 10 Minuten durch den dichten Wald geirrt waren. »Wir sollten es besser aufgeben und versuchen, uns zur Hauptstraße durchzuschlagen.«

»Nur zu«, herrschte Lander ihn an. »Wer braucht dich schon?«

»So bringen Sie noch ihre Kinder um.«

»Ich muss meine Frau finden.«

»Verdammt, wahrscheinlich ist sie schon tot.«

»Nein.«

»Wie sollen wir sie je finden?«, fragte das Mädchen und hörte sich dabei verzweifelt, den Tränen nahe an.

»Wenn wir es nicht versuchen, gar nicht«, antwortete Lander. »Wenn wir nichts tun und nur im Gebüsch kauern wie geprügelte Hunde, dann gar nicht.«

»Das ist unsere einzige Chance«, beharrte Robbins.

»›Der Feige stirbt schon vielmal, eh er stirbt, die Tapfern kosten einmal nur den Tod.‹«

»Ich gebe Mr. Dills recht«, meldete sich der Junge zu Wort. »Wir müssen sie retten, auch wenn es ein zusätzliches Risiko ist.«

»Drauf geschissen«, fauchte Sherri. »Ich setze meinen Arsch nicht dafür aufs Spiel, eine ...«

Lander schrie auf, als eine bleiche Gestalt von einem Baum herabfiel. Die Knie erwischten seine Schultern und schleuderten ihn zu Boden. Neala erblickte ein Messer in einer erhobenen Hand. Robbins feuerte. Ein Loch erschien zwischen den kleinen Brüsten. Das Mädchen kippte vorwärts und landete mit dem Gesicht auf dem Boden.

»Verdammte Scheiße!«, stieß Sherri hervor.

Neala starrte auf die Leiche hinab. Das Mädchen war nackt. Blut schoss aus einem unregelmäßigen Loch im Rücken.

»Weg hier«, zischte Robbins. »Der Schuss lockt sie im Laufschritt an.«

Er ergriff Nealas Hand.

Sie rannten los und liefen eine weite Strecke. Nealas Füße brannten vor Schmerz, während sie mit Robbins Schritt hielt, aber sie beklagte sich nicht und wurde auch nicht langsamer. Zum ersten Mal seit ihrer Gefangennahme in dem Restaurant verspürte sie so etwas wie Hoffnung. Sie war niemandes Gefangene mehr, Robbins schien fest entschlossen zu sein, sie zu retten, und die Krulls waren außer Sicht verschwunden. Vielleicht würde sie die Nacht doch überleben.

Als sie letztlich glaubte, nicht mehr weiterzukönnen, hielt Robbins an.

»Wir ... schnaufen nur kurz durch«, erklärte er keuchend.

Neala nickte.

Sherri, die ein wenig hinter ihnen gelaufen war, schloss zu ihnen auf. Sie sackte gegen einen Baumstamm.

»Wo sind die anderen?«, fragte Robbins.

»Kommen gleich.« Sherri deutete mit einem Arm zur Seite. »Irgendwo da hinten. Heilige Scheiße!«

Neala hörte die knirschenden Geräusche rennender Füße. Von links. »Hier –« Robbins presste ihr eine Hand vor den Mund.

»Pst.«

Seine Hand roch durchdringend nach Schießpulver.

»Vielleicht sind sie das nicht«, flüsterte er.

»He!«, rief eine Stimme. Die des Jungen. »Wo seid ihr alle hin?«

Robbins nickte und senkte die Hand.

»Hier drüben«, rief Neala zurück.

Kurz darauf stießen der Junge und das Mädchen zu ihnen.

»Tut mir leid«, sagte der Junge keuchend. »Sind etwas vom Weg abgekommen.«

»Dad?« Das Mädchen taumelte, als irre es durch einen

dunklen Raum. »Dad? Wo bist du?« Sie sah Robbins an. »Wo ist mein Dad?«

»Ich hab ihn nicht gesehen.«

Sie drehte sich dem Jungen zu. »O Gott, Ben, was sollen wir tun?«

»Er wird schon auftauchen. Wir warten einfach.«

»Fünf Minuten«, warf Robbins ein. »Wer hat eine Uhr?«

Das Mädchen hob die Hand. Neala erblickte ein goldenes Armband an ihrem Handgelenk. Einen Moment lang fragte sie sich, weshalb ihr die Uhr in der Ortschaft nicht gestohlen worden war. Dann erinnerte sie sich an Rosenblüte. Eigentlich kein Wunder, dass sich die alte Hexe für Beute solcher Art nicht interessierte. Dafür war sie zu durchgeknallt. Für sie bestand der große Reiz darin, mit ihrem Hammer auf Schädel einzuschlagen. Und was ihren Sohn anging, diesen sadistischen ...

»Wie spät ist es?«, fragte Robbins.

Das Mädchen drückte einen Knopf. Rote Zahlen leuchteten an ihrem Handgelenk auf. »10:32.«

»Wir geben ihm bis 10:40.«

»Und was dann?«, wollte das Mädchen wissen.

»Dann verduften wir schleunigst.«

»*Du* vielleicht.«

»Wir geben ihm acht Minuten.« Robbins' Stimme ertönte als leises, ruhiges Flüstern. »Wenn er bis dahin nicht aufkreuzt, dann wahrscheinlich gar nicht mehr, basta. Entweder hat er sich verirrt oder die Krulls haben ihn erwischt. So oder so, wenn wir hier warten, bis die Krulls unsere Knochen abnagen, ist deinem Vater damit auch nicht geholfen.«

»Ich gehe jedenfalls nicht.«

»Das liegt ganz bei dir.«

»Vielleicht kommt er ja rechtzeitig«, meinte der Junge.

Dann verstummten alle. Und warteten.

Neala blickte zwischen die Bäume. Abgesehen von einigen wenigen Streifen Mondlicht präsentierte sich der Wald so finster wie ein geschlossener Schrank. Der Vater war irgendwo da draußen. Allerdings rechnete sie nicht damit, dass er auftauchen würde. Wenn jemand käme, dann nicht er.

Sie rieb sich die Arme, drehte sich um und starrte in die Dunkelheit.

Wenn jemand käme ...

Neala stellte sich dicht an einen Baum und lehnte sich an den Stamm. Die Rinde fühlte sich durch den Stoff ihrer Bluse rau an. Irgendwie gut.

So kann sich wenigstens niemand von hinten an mich anschleichen.

»10:35«, flüsterte das Mädchen.

Erst *drei* Minuten waren verstrichen.

Neala stöhnte und verschränkte die Arme vor der Brust. Ihre Nippel hatten sich aufgerichtet und schmerzten, als hätte sie eine Erkältung. Sie bedeckte sie mit den Händen, und der wohlige Druck linderte die Spannung.

Zu ihrer Rechten knackte ein Zweig.

Neala schaute in die Richtung. Sie sah nur Bäume, Gebüsch und Dunkelheit. Nichts rührte sich. Keine weiteren Geräusche folgten.

Trotzdem ließ sie den Blick auf diesen finsteren Bereich gerichtet. Sie wagte kaum zu atmen.

Weil jemand sie beobachtete.

Neala konnte es spüren. Sie konnte denjenigen beinahe sehen, aber nicht ganz.

Irgendjemand.

Irgendjemand, der nicht der Vater des Mädchens war.

KAPITEL 10

Nachdem sich Lander von den anderen gelöst hatte, war er umgekehrt. Er hatte zuvor aufmerksam auf Orientierungspunkte geachtet und hoffte, den Weg zurück zur Leiche dieses Mädchens zu finden.

Bald erreichte er eine umgestürzte Espe, an die er sich erinnerte. Die Wurzeln lagen frei, als wäre der Baum wie Unkraut aus dem Boden gerupft worden. Lander ging an dem hoch aufragenden Wurzelgewirr und der Grube vorbei, die in der Erde zurückgeblieben war. Ein Stück weiter sollte sich der Baum befinden, wo ihnen das Mädchen aufgelauert und sie angegriffen hatte und letztlich gestorben war.

Er eilte durch ein Dickicht und fand den Baum.

Das Mädchen war verschwunden.

Eine Zeit lang wanderte er durch die Dunkelheit. Vielleicht hatte er sich ein wenig verschätzt. Schließlich glich ein Baum so ziemlich dem anderen. Er schritt den Bereich kreuzweise ab, dann kehrte er zu der entwurzelten Espe zurück und versuchte es erneut. Letztlich gab er auf. Entweder hatte er sich völlig verirrt oder die Leiche des Mädchens war fortgeschafft worden.

War sie überhaupt tot gewesen?

Aber es musste so sein. Die Kugel hatte sie genau zwischen die Brüste getroffen.

Lander sank an der Stelle auf die Knie, wo sie gelegen haben musste, und tastete den Boden ab. Die abgefallenen Zweige und Blätter erwiesen sich als nass. Blut oder nur Tau? Er hielt sich die Hände dicht vors Gesicht. In der Dunkelheit konnte er nicht erkennen, ob es sich bei der Feuchtigkeit um Blut handelte. Er ballte die Hand zur Faust. Als er sie öffnete, fühlte sie sich leicht klebrig an. Er leckte sich über die Handfläche und nahm den salzigen Geschmack von Blut wahr. Die Erkenntnis ließ ihn würgen.

Lander kroch rückwärts, weg von dem nassen Fleck am Boden. Dann fiel ihm ein, warum er nach dieser Stätte des Todes gesucht hatte. Abermals begann er, den Boden abzutasten und das von den nahen Bäumen und Büschen abgefallene Gezweig beiseitezuschieben. Nasse Blätter blieben an seinen Fingern kleben. Ein Dorn kratzte ihm über den Handrücken. Ein Wurm wickelte sich um seinen Zeigefinger. Dann fand er es. Das Messer des Mädchens.

Es war dem Mädchen aus der Hand gefallen, als es getroffen wurde, dann war es ein Stück seitwärts geflogen und von einer Laubschicht begraben worden.

Der gekrümmte Griff passte wie angegossen in Landers Hand. Die Klinge war mindestens 15 Zentimeter lang. Lander stand auf und steckte sich das Messer unter den Gürtel.

Er wünschte, er hätte die Machete dieser alten Hexe behalten, die eine wesentlich schlagkräftigere Waffe dargestellt hatte als das Messer.

Der Gedanke an die Machete rief ihm ins Gedächtnis, was auf der Lichtung geschehen war. Einige Sekunden lang lähmte ihn die Erinnerung an das Blutbad. Lander zwang sich, die Gedanken auf Ruth zu konzentrieren.

Er musste sie finden.

Irgendwie.

Aber wo sollte er suchen?

Er hatte keine Ahnung, also kehrte er zur Lichtung zurück. Dort hatte er sie zuletzt gesehen, deshalb schien sie ihm der geeignetste Ort zu sein, um mit der Suche zu beginnen.

Er rannte, bis ihm die Luft ausging, dann ging er langsamer weiter. Als er wieder zu Atem gekommen war, verfiel er abermals in Laufschritt.

Schließlich erblickte er durch die Bäume vor ihm Mondlicht. Die letzten paar Meter legte er leise zurück, presste sich an den taufeuchten Stamm eines Baums und stellte fest, dass er sich tatsächlich am Rand des Feldes befand. Die Leichen waren verschwunden.

Jenseits der Reihe abgestorbener Bäume, an die er und die anderen gekettet gewesen waren, erkannte er Bewegung. Zwei Gestalten steuerten langsam auf die entfernte Seite des Felds zu.

Ruth war in der entgegengesetzten Richtung verschwunden. Aber vielleicht hatten diese Kreaturen – diese Leute – einen gemeinsamen Sammelplatz. Es schien durchaus möglich zu sein. Sogar wahrscheinlich. Jedenfalls hielt er es für besser, ihnen zu folgen, als ziellos durch den Wald zu irren.

Wenn er die Lichtung direkt überquerte, würden sie ihn mit Sicherheit bemerken. Wenn er sie jedoch umginge, um außer Sicht zu bleiben, würde er sie vielleicht aus den Augen verlieren.

Er musste eine Möglichkeit finden, sich zu tarnen, unsichtbar zu werden ...

»›Der entwendete Brief‹«, murmelte er.

Sein Herz raste. Guter alter Poe.

In Sekundenschnelle zog sich Lander bis auf die Boxershorts aus. Dann zögerte er, wollte sie nicht ablegen. Aber er hatte keine andere Wahl. Nicht, wenn er wie einer seiner Feinde aussehen, sich als einer der ihren ausgeben wollte, um unsichtbar zu werden. Rasch streifte er sie ab.

Er ließ seine Kleider zurück, behielt nur das Messer und trat hinaus auf offenes Gelände. Die Gestalten jenseits des Feldes entfernten sich immer noch. Er rannte auf die abgestorbenen Bäume zu und beobachtete das Paar. Es schmerzte, nackt zu laufen. Am liebsten hätte er sich die Genitalien gehalten, um zu verhindern, dass sie gegen seine Beine klatschten, doch das hätte verdächtig ausgesehen.

Du musst dich ihnen anpassen, warnte er sich. *Sieh so aus wie sie, benimm dich so wie sie. Die halten ihre Eier auch nicht, wenn sie rennen.*

Lander änderte die Gangart in ein linkisches, breitbeiniges Hüpfen. Nach kurzem Experimentieren fand er in einen angenehmeren Rhythmus. Sein Penis schwang zwar immer noch wild hin und her, aber seine Hoden wurden nicht mehr so sehr in Mitleidenschaft gezogen.

Als er sich der Reihe der toten Bäume näherte, sah er, dass die Krulls anhielten. Beobachteten sie ihn? Er trottete im Kreis um zwei der Bäume und blickte zu Boden, als suche er etwas. Verstohlen spähte er zu den entfernten Gestalten. Sie verharrten reglos.

Lander trat an den nächstbesten Baum und begann zu urinieren. Wieder schaute er zu den anderen. Sie wandten sich ab und setzten den Weg in Richtung Wald fort. Nun erkannte er, dass die beiden eine dritte Gestalt mitschleiften. Brachten sie eine Leiche irgendwohin?

Bald verschwanden sie zwischen den Bäumen. Lander

eilte über das Feld zu der Stelle, wo er sie zuletzt gesehen hatte. Er duckte sich unter tief herabhängenden Ästen hindurch, hielt inne und lauschte. Im nahen Unterholz hörte er Bewegungen.

Eine lange Zeit folgte er den Geräuschen. Er lief leise und blieb so weit zurück, dass er häufig fürchtete, er könnte die Krulls verlieren. Wenn er jedoch aufmerksam lauschte, spürte er sie jedes Mal wieder auf. Sie gaben sich keine Mühe, leise zu sein. Vereinzelt redeten sie sogar miteinander. Die Worte konnte Lander nicht verstehen, doch den Stimmen nach zu urteilen, vermutete er, dass es sich um zwei Frauen handelte.

Bald schnappte er ein neues Geräusch auf, ein windartiges Seufzen, das die anderen Laute überlagerte. Als er die Frauen nicht mehr hören konnte, eilte er voran. Er rannte und hoffte, das neue Geräusch würde seine Bewegungen verschleiern. Dann sah er die Frauen plötzlich vor sich. Sie befanden sich weniger als ein Dutzend Schritte entfernt.

Jede hielt die Hand einer toten Frau – der alten Hexe, die Lander erschlagen hatte. Sie schleiften sie hinter sich her. Das Gewicht der Leiche schien ihnen eine Menge Schwierigkeiten zu bereiten.

Keine der beiden Frauen war groß: die eine klein und pummelig, die andere etwas größer und schlank. Die Schlanke schien jung zu sein, ein Teenager vermutlich. Dichtes helles Haar hing bis zur Mitte des Rückens herab. Tief um ihre Hüften hing ein Lendenschurz aus Fell. In einer Hand hatte sie einen Spieß. Die andere, über deren Hintern ein pelziger Schwanz baumelte, trug eine Machete. Wahrscheinlich die Waffe der toten Frau.

Lander beobachtete, wie die beiden versuchten, den Leichnam über einen umgestürzten Baumstamm zu ziehen. Grunzend zerrten sie an den Armen der Alten. Ein emporragender

Ast blockierte die Schulter der Toten. Murrend ließ die Schlanke ihren Arm los. Lander ertappte sich dabei, auf ihre Brüste zu starren, als sie von dem Baumstamm sprang. Wegen der Dunkelheit konnte er sie kaum erkennen, doch selbst die flüchtigen Eindrücke, die er im Mondlicht erhaschte, erzwangen eine Reaktion. Er schämte sich über seine wachsende Erektion. Trotzdem konnte er den Blick nicht abwenden. Er beobachtete, wie das Mädchen frustriert gegen die Leiche trat und sich anschließend bückte, um die Beine zu ergreifen. Dabei wanderte der Lendenschurz nach oben. Lander vermutete, dass sie darunter nackt war. Obwohl die Dunkelheit verhinderte, dass er ihre Pobacken sehen konnte, wurde sein Glied noch steifer.

Das Mädchen richtete sich auf, hielt die toten Beine an den Knöcheln. Mit Anlauf hielt sie auf den umgestürzten Baum zu. Die andere Frau sprang zurück und zog an den Armen. Die Leiche schlitterte über den Stamm und verschwand. Lander beobachtete, wie die Schlanke hinaufkletterte und auf der anderen Seite hinabsprang.

Einen Moment lang wartete er, dann folgte er den beiden. Als die Frauen wieder in Sicht gerieten, befanden sie sich am Ufer eines Bachs. Sie unterhielten sich kurz miteinander, dann nickten sie und ließen die Leiche los. Beide legten die Waffen auf den Boden. Die Schlanke öffnete ihren Schurz und ließ ihre Beine hinabgleiten. Die andere löste ein schmales Band um ihre Hüften und entfernte den Zierschwanz. Seite an Seite wateten die beiden ins Wasser.

Nach Landers Schätzung mochte der Bach etwa neun bis zwölf Meter breit sein. Statt ihn zu durchqueren, blieben sie ein paar Meter vom Ufer entfernt stehen, wo das Wasser hüfttief war. Sie spritzten sich gegenseitig nass und tauchten kurz die Köpfe unter. Anschließend begannen sie, einander abzureiben.

Zuerst glaubte Lander, es handle sich um schlichtes Baden. Vermutlich war es das zu Beginn auch. Dann jedoch ging das forsche Abreiben in zärtliches Streicheln über. Die beiden Körper schmiegten sich aneinander. Ihre Münder berührten sich.

Während Lander sie beobachtete, schwoll sein steifes Glied immer mehr an. Er fühlte sich schuldig, als wäre er nicht besser als ein gemeiner Spanner. Schlimmer noch, seine Erregung erschien ihm wie ein Verrat an Ruth. Wie konnte er hier stehen und sich von diesen Frauen aufgeilen lassen, während Ruth in Gefahr schwebte – womöglich gefoltert wurde?

In diesem Augenblick konnte irgendjemand Ruth vergewaltigen.

Ich könnte dasselbe mit den beiden machen, dachte er.

Lander sah, wie die Schlanke an die Oberfläche stieg und sich auf dem Rücken treiben ließ. Ihre Beine spreizten sich. Der Kopf der anderen bewegte sich zwischen ihre Schenkel. Das Gesicht presste sich gegen ihren Schritt und sie begann zu stöhnen.

Sie sind unbewaffnet. Die Hässlichere könnte ich töten. Die Hübsche könnte ich erst vergewaltigen und dann umbringen. Würde ihnen recht geschehen. Auge um Auge, Zahn um Zahn.

Vergewaltigung um Vergewaltigung.

Während er die vom Mondlicht erhellte, glänzende Haut der Schlanken beobachtete, vermeinte er beinah, sie spüren zu können. Die kühle, glatte Haut, die Brüste klein und fest mit steifen Nippeln. Das enge Loch, das sein Glied umschlingen würde, wenn er unsanft in sie stieße.

Gott, wäre das herrlich!

Aus solchem Stoff waren Träume gemacht.

Und er konnte es tun – er konnte es wirklich tun. In dieser

Nacht hatte er bereits drei oder vier dieser Leute getötet. Warum nicht zwei mehr?

Warte nicht. Tu es jetzt, während sie ineinander verschlungen und hilflos sind, ihre Körper vor Lust strotzen. Sie werden gar nicht mitbekommen, wie ihnen geschieht.

Und was war mit dem Plan, ihnen zu folgen?

Lächerlich. Sie würden ihn nicht zu Ruth führen. Das war Wunschdenken, mehr nicht.

Die Chance, sich die Hübsche zu nehmen, war real. Lander hatte es noch nie mit einer so jungen, attraktiven Frau getan.

Vermutlich war sie nicht älter als Cordelia.

Er beobachtete, wie sie sich im Wasser wand, hörte ihr heftiger werdendes Stöhnen. Gott, könnte er sie nur in den Armen halten, seinen pulsierenden Schwanz in sie stoßen, dabei zusehen, wie eine Mischung aus Schmerz und Wonne ihre Züge verzerrte.

Aber er wartete, konnte sich nicht dazu überwinden, aus dem Dickicht hervorzutreten, wollte nicht angreifen.

Tu es!, sagte er sich. *Tu es sofort!*

Er konnte es nicht.

Lander zitterte. Seine Erektion fiel in sich zusammen.

Er hatte Angst.

Angst vor dem Vergewaltiger und Mörder, der in der Haut von Lander Dills lauerte.

KAPITEL 11

Cordie blickte auf die roten Zahlen ihrer Armbanduhr. »Also gut, es ist 10:40. Ihr brecht jetzt auf, richtig?«

»Hat keinen Sinn, noch länger zu warten«, gab Robbins zurück.

»Du hast recht.« Cordie holte tief und zittrig Luft. »Was habt ihr vor? Versucht ihr, es zu einer Straße zu schaffen?«

»Letzten Endes schon. Wir gehen Richtung Osten und versuchen, das Territorium der Krulls hinter uns zu lassen.«

»Tja, dann viel Glück. Dir auch, Ben.«

»Cordie?«

Sie wischte sich die verschwitzten Hände an ihrer Jeans ab und schaute weg. Ben trat einen Schritt auf sie zu. »Nein. Nicht, Ben. Du gehst mit den anderen.«

Damit drehte sie sich um und rannte los. Sie hörte rasche Schritte und wusste, dass Ben ihr folgte. Cordie lief schneller. Verdammt, er sollte nicht mitkommen.

»Geh mit ihnen!«, rief sie zurück.

Ben streckte einen Arm aus, packte ihre Schulter und brachte sie zum Stehen.

Die anderen befanden sich bereits außer Sichtweite.

»Was hast du vor?«, fragte Ben. »Willst du umgebracht werden?«

»Ich kann nicht weg. Mom und Dad sind da draußen. Ich muss sie finden.«

»Dann komme ich mit.«

»Nein.«

»Ich habe keine andere Wahl, oder?«

»Geh mit den anderen. Sie verschwinden von hier. Und sie haben eine Waffe.«

»Ich kann nicht.«

»Ben, bitte.«

»Ich kann dich nicht zurücklassen. Aus demselben Grund, warum du deine Eltern nicht zurücklassen kannst. Ich schätze, ich liebe dich.«

»O Ben.« Sie zog ihn dicht an sich und küsste ihn auf den Mund. Dann erfasste sie einen Schopf seiner Haare und zog seinen Kopf sanft zurück. »Ich hoffe, das wirst du nicht bereuen«, murmelte sie.

»Werd ich nicht.«

»Suchen wir meine Leute, und dann nichts wie weg von hier.«

»Hier lang«, sagte Robbins.

»Sollten wir ihnen nicht folgen?«, fragte Neala.

»Sie haben ihre Wahl getroffen.«

»Ohne sie sind wir besser dran«, meinte Sherri.

»Kommt jetzt.«

Neala, die immer noch mit dem Rücken an dem Baum stand, spähte mit verkniffenen Augen an die Stelle in der

Dunkelheit, die sie seit geraumer Zeit mit Beklommenheit erfüllte. Sie rührte sich nicht.

»Neala?«

»Nein, da ... Dort drüben. Jemand versteckt sich dort.«

»Ich sehe nach.«

»Nicht!«

»Keine Sorge.« Langsam ging er auf die Stelle zu, löste sein Gewehr von der Schulter und brachte es in Anschlag.

»Nein! Nicht, Johnny! Verschwinden wir einfach.«

Er schaute zu ihr zurück. Sie vermeinte, ein Lächeln in seinem Gesicht zu erkennen.

»Verschwinden wir einfach«, wiederholte sie leiser.

»Na schön.« Er wandte sich von der Stelle ab, vor der sich Neala fürchtete, und ging auf sie zu.

Neala blickte hinter ihn. Ihr Herz setzte einen Schlag aus, als sie eine flüchtige Bewegung wahrnahm. Etwas Bleiches. Ein Gesicht? Was immer sie gesehen hatte, es verschwand im Bruchteil einer Sekunde.

Johnny, der ihr Erschrecken bemerkte, drehte sich um.

»Es ist nichts«, sagte Neala.

»Bist du sicher?«

Sherri trat neben Johnny und versperrte Neala die Sicht. »Was stehen wir hier noch rum?«

Neala schüttelte den Kopf.

»Ich bilde die Nachhut«, sagte Johnny. »Wir gehen nach Osten.« Er deutete in die Richtung, in die sie gelaufen waren, bevor sie anhielten. »Da lang. In der Gegend gibt es nicht viel Zivilisation, aber sobald wir das Territorium der Krulls hinter uns haben, sollte uns nichts mehr passieren.«

»Wie weit ist das?«, fragte Sherri.

»Etwa 20 Meilen.«

»O Scheiße.«

Neala stieß sich von dem Baum ab. Sie schaute hinter Johnny und Sherri, sah jedoch in der Dunkelheit nichts.

Sie ging voraus. Sherri folgte dicht hinter ihr und Johnny bildete hinter Sherri das Schlusslicht. Anfangs rannte Neala zu schnell für das Terrain. Sie stolperte und Sherri prallte mit ihr zusammen, trat ihr aufs Bein.

»Alles in Ordnung?«, fragte Sherri und half ihr behutsam auf.

»Ich werd's überleben.«

»Verlass dich besser nicht darauf.«

»Herzlichen Dank.«

Sherri klopfte ihr auf den Hintern. »Gern geschehen.«

Diesmal übernahm Sherri die Spitze, als sie sich wieder in Bewegung setzten. Neala lief langsamer als zuvor. Sie versuchte, darauf zu achten, wo ihre Füße landeten, die Dunkelheit gewährte ihr jedoch nur flüchtige Blicke auf den Boden.

Als sie das zweite Mal stolperte, sah sie, worüber.

Eine Hand.

Sie stieß einen spitzen Schrei aus, als sie vorwärtsstürzte. Der Aufprall auf den Boden presste ihr die Luft aus den Lungen. Raue Hände drehten sie um, und eine knochige, weißhäutige Kreatur krabbelte auf ihren Körper.

Ein Mann. Ein unbehaarter Mann mit dem ausgemergelten Gesicht eines Totenschädels. Er biss ihr in den Mund und lachte. Feuchtigkeit tropfte aus seinen Augen.

Neala hörte ein grausiges, dumpfes Geräusch. Der Kopf zuckte von ihr weg. Der Mann fiel von ihr und landete auf dem Rücken. Sie starrte auf seine Erektion, die wie eine ekelhafte, steife, bleiche Schlange anmutete. Dann versperrte ihr Johnny die Sicht. Der Gewehrkolben stieß in das grauenhafte Gesicht und zerschmetterte es.

»Ist alles gut«, flüsterte Johnny und half ihr auf die Beine.

Neala schüttelte den Kopf. Sie wischte sich Tränen aus den Augen. Ihre Bluse hing offen, entblößte ihre rechte Brust. Hastig zog Neala sie zu. Dabei bemerkte sie die Fingernagelkratzer. Sie fühlten sich wie Brandwunden auf der zarten Haut an.

»Hat er dich verletzt?«, fragte Johnny.

»Ein wenig. Aber ich glaube, es ist alles in Ordnung.«

»Dieses dreckige Schwein«, murmelte Sherri. Sie trat dicht an den Leichnam. »Großer Gott, seht ihn euch an.«

Neala tat es nicht.

»Ein verfluchter Albino.«

Neala versuchte, ihre Bluse zu verschließen. Die Knöpfe fehlten, also schlug sie die Enden übereinander und steckte sie in ihre Hose.

»Scheiße«, sagte Sherri, die immer noch die Leiche betrachtete.

»Wir sollten weiter«, mahnte Johnny.

KAPITEL 12

Als die Frauen im Bach fertig waren, kehrten sie ans Ufer zurück. Die Schlanke schlang den Lendenschurz um sich und befestigte ihn. Die andere brachte den buschigen Schwanz wieder an und rückte ihn so zurecht, dass er über ihre Pospalte hing, als wäre es ihr eigener, natürlicher Schwanz.

Nachdem sie ihre Waffen aufgehoben hatten, ergriffen sie die Arme der Leiche und schleiften sie ins Wasser. Der Körper trieb hinter ihnen her, als sie in den Bach wateten, ihn durchschwammen und am gegenüberliegenden Ufer an Land kletterten.

Lander wartete, bis sie sich außer Sicht befanden, dann eilte er zu dem Bach. Leise schwimmend durchquerte er ihn. Auf der anderen Seite holte er die Frauen rasch ein. Er folgte ihnen nur wenige Minuten, bis sie eine von Feuerschein erhellte Lichtung erreichten.

Lander kauerte sich ins Gebüsch und beobachtete sie, dankbar dafür, die Frauen nicht angegriffen zu haben. Falls nur eine geschrien hätte ...

Sie zogen die Leiche zwischen zwei Laubhaufen hindurch, die für Lander wie große Biberdämme aussahen, etwa zwei bis zweieinhalb Meter hoch.

Die Pummelige rief etwas. Ein halbes Dutzend Gestalten tauchte auf und hob die Leiche hoch. Mit der Begeisterung und dem Jubel eines siegreichen Footballteams trugen sie den Körper weg.

Lander zögerte, die Sicherheit seines Verstecks zu verlassen. Einige Sekunden lang beobachtete er die Umgebung. Er sah mehrere andere hohe Erhebungen. Es schien sich um Unterkünfte zu handeln, primitive Hütten aus Zweigen und Blättern. Von seinem Standort aus konnte er niemanden ausmachen, aber plötzlich hörte er wildes Geschrei und Gelächter. Er musste mehr in Erfahrung bringen.

Vorsichtig trat er aus seinem Versteck, huschte zur nächstbesten Hütte und arbeitete sich in deren Schatten zur Vorderseite vor.

Geduckt starrte er auf den Anblick, der sich ihm bot.

Ein Dutzend Feuer. Doppelt so viele Hütten. Einige Gestalten schlenderten ziellos umher, andere saßen an den Feuern und um das in der Mitte hatte sich eine größere Menge gebildet. Lander beobachtete, wie inmitten der Menge eine Machete angehoben wurde und nach unten sauste. Jubel brandete auf.

Die Menge teilte sich. Das schlanke Mädchen, das er vergewaltigen wollte, verließ die Gruppe. Einige Männer folgten ihr, bedrängten sie. Offenbar wollten sie etwas von ihrer Beute abhaben. Das Mädchen lachte und winkte sie weg.

Nur einer blieb beharrlich. Er eilte neben ihr einher, als sie in Landers Richtung ging. Die beiden redeten miteinander.

Der Junge streckte die Hand aus. Das Mädchen ergriff etwas aus der Schüssel, die es trug, und ließ es in die Hand fallen. Der Junge stopfte es sich in den Mund.

Die beiden setzten sich mit den Gesichtern zu Lander an ein Feuer. Das Mädchen war nass, wahrscheinlich verschwitzt. Ihre Brüste schimmerten im Feuerschein.

Golden.

Lieblich.

Lander hatte erneut eine Erektion. Er berührte sich. Sein Penis zuckte. Innerhalb weniger Sekunden könnte er sich Erleichterung von seiner heißen Erregung verschaffen. Seine Fingerspitzen streichelten seinen Penis, während er darüber nachdachte.

Die Erleichterung wäre gut.

Allerdings nicht annähernd so gut, wie seine Ladung in das Mädchen zu spritzen.

Das werde ich nicht tun, sagte er sich. *Ich bin keine Bestie.*

Und dennoch ... sie war so jung, so betörend. Er umfasste sein angeschwollenes Glied und beobachtete, wie sie in die Schüssel griff.

Gott, was wünschte er, seinen Ständer in sie zu rammen ...

Plötzlich bemerkte er, dass die Schüssel zerzaustes weißes Haar hatte. Die junge Frau hob sie von ihrem Schoß, bot dem jungen Mann mehr an, und Lander erblickte ihr Gesicht.

Das Gesicht der Greisin, die sie hergeschleppt hatten. Der Frau, die Lander getötet hatte.

Der Junge fasste in den Kopf. Flüssigkeit tropfte von seiner Hand, als er sie sich in den Mund steckte.

Würgend wandte sich Lander ab. Er rannte von der Hütte weg, preschte durch ein Dickicht, stieß mit der Schulter gegen einen Baum und taumelte, drehte sich durch die Wucht des Aufpralls. Als er auf dem Rücken landete, rollte er sich zur Seite und übergab sich.

Hastig kroch er von seinem Erbrochenen weg und rappelte sich mühsam auf die Beine. Er strich einige Blätter und Kiefernnadeln von seiner feuchten Haut und spielte mit dem Gedanken, zum Bach zurückzukehren, um sich zu waschen.

Geh zurück zum Bach und lauf weiter!

Er sollte von diesem Dorf voller Wahnsinniger verschwinden, so weit ihn die Füße trugen. Und versuchen, Cordelia zu finden.

Und Ruth?

O Gott, was war mit Ruth?

Vielleicht befand sie sich in diesem Augenblick irgendwo in diesem Dorf. Noch am Leben. Darauf wartend, bis sie damit an der Reihe wäre, Futter für diese Dämonen zu werden.

Die Chancen dafür, dass sie noch lebte, standen tatsächlich nicht schlecht. Wenn diese Monster auch nur einen Hauch Vernunft besaßen, würden sie Ruth noch eine Weile am Leben lassen. Um zuerst die Leichen zu verzehren, bevor sie ihre lebenden Gefangenen schlachteten. Das schien nur sinnvoll zu sein.

Er musste zurück.

Nach ihr suchen, sie retten, wenn er konnte.

Das Messer fiel ihm aus den Händen. Zitternd sank er auf die Knie.

Was, wenn sie ihn erwischten?

Was, wenn sie ihn lebend in die Finger bekämen?

Der Feige stirbt schon vielmal, eh er stirbt, die Tapfern kosten einmal nur den Tod.

Scheiße. Pfeif auf Julius Caesar. Pfeif auf Shakespeare. Einmal genügt vollkommen.

Aber wenn er Ruth im Stich ließe, konnte er nicht weiterleben. Er hätte danach kein Leben mehr. Nur noch Schuldgefühle, sonst nichts. Es konnte ebenso gut hier enden.

Jemand muss die Verantwortung übernehmen.

Bei den Worten fühlte er sich besser.

Jemand muss die Verantwortung übernehmen!

Wenn das Leben hart wird, überleben nur die Harten ...

Jemand muss die Verantwortung übernehmen!

Lander hob das Messer auf und drehte sich dem Dorf zu. In der Ferne erhob sich Jubel.

Er rannte los. Er rannte, bis er die Rückseite der nächsten Hütte erreichte, und arbeitete sich nach vorne vor. Das Mädchen saß nach wie vor am Feuer und aß seine grausige Beute.

Andere scharten sich immer noch um das Hauptfeuer. Einer nach dem anderen lösten sie sich von der Gruppe, jeder mit einer kleinen Portion triefenden Fleisches.

Von Ruth war weit und breit nichts zu sehen. Vielleicht wurde sie in der Dunkelheit jenseits der Feuer gefangen gehalten, vielleicht in einer Hütte. Vielleicht auch gar nicht in diesem Dorf.

Eine Kreatur bahnte sich den Weg aus der Menge. Die Gestalt wirkte mehr wie ein Affe als ein Mensch. Ein deformierter Affe, bucklig und ohne Beine. Wenngleich der Mann keine eigenen Beine besaß, hatte er einen Fuß im Mund. Niemand bettelte ihn um einen Bissen davon an, wie man es bei dem Mädchen getan hatte. Stattdessen eilten alle aus dem Weg des Mannes. Sie schienen Angst vor ihm zu haben. Er lehnte sich rückwärts an eine Hütte, um die Hände freizubekommen, und begann, an dem Fuß zu nagen.

Lander zwang sich, den Blick von dem Mann zu lösen. Er schlich zur Rückseite der Hütte, vergewisserte sich, dass sich niemand in der Nähe befand und huschte durch die Schatten zur nächsten Hütte. Nach einer kurzen Überprüfung steuerte er die Nächste an. Er bewegte sich dicht daran entlang und erblickte vor der Hütte daneben ein halbes Dutzend Gestalten. Sie saßen im Kreis, unterhielten sich in einer Sprache, die beinah wie Russisch klang, und teilten sich einen Oberschenkel. Alle bis auf einen. Zwischen den ausgestreckten Beinen eines Mannes lag ein Mädchen auf dem Bauch, den Mund um sein steifes Glied geschlossen.

Lander wich zwischen die Bäume zurück. Er bahnte sich den Weg an der Gruppe vorbei, blieb in Deckung, aber nah bei der Lichtung und ließ die Gestalten nicht aus den Augen, bis sie außer Sicht gerieten.

Diese Vorgehensweise bei der Suche nach Ruth schien ihm wesentlich sicherer zu sein, deshalb hielt er sich zwischen den Bäumen, während er sich um das Dorf vorarbeitete.

Bald befand er sich direkt gegenüber dem Hauptfeuer. Die Gruppe dort war auf eine Handvoll Gestalten geschrumpft. Ein Mann kauerte in der Nähe der Flammen und briet seinen Anteil am Ende seines Spießes. Ein paar Frauen – zwei davon unübersehbar schwanger – knieten unweit davon und taten sich an einem Haufen von Eingeweiden gütlich. Lander eilte weiter.

Zwischen zwei Hütten am fernen Ende des Dorfs fand er Ruth. Sie hing an einem Fuß von einem dreibeinigen Gestell aus hohen, robusten Pfählen. Ihr linker Arm war gebrochen und ragte am Ellbogen in unnatürlichem Winkel nach hinten. Während sich Lander ihr näherte, beobachtete er, wie sich ihr nackter Körper langsam im Wind drehte.

»O ihr Scheißkerle«, murmelte er. »Ihr verfluchten, dreckigen Scheißkerle.«

Er berührte ihr Gesicht. Seine Hand war klebrig und nass, als er sie zurückzog.

Lander drehte sich um. Nicht weit entfernt sah er die Bastarde. Einige saßen an Feuern, ein paar wanderten umher, zwei trieben es auf dem Boden miteinander. Er wollte sie umbringen, sie alle.

Aber noch nicht. Zuerst musste er Ruth wegschaffen und begraben.

Mit dem Messer zwischen den Zähnen kletterte er einen der Pfähle hinauf. Das Gestell wackelte. Ruths Körper schaukelte und drehte sich. Ihr loser Fuß streifte seinen Rücken.

Lander schnitt das Seil durch, von dem sie hing. Sie fiel. Ihr Körper landete mit einem dumpfen Laut auf der Erde.

Ruth stöhnte.

Lander ließ sich fallen. »Du lebst!«, stieß er hervor.

»Lander?«

»Großer Gott! O mein Gott, du lebst!«

Er sah sich um und erblickte Krulls, die in seine Richtung kamen. Es waren drei, zwei Männer, eine Frau. Langsam näherten sie sich Lander. Sie wirkten eher neugierig als argwöhnisch. Alle waren bewaffnet – die Frau und ein Mann mit Messern, der andere Mann mit einem Beil. Allerdings hatten sie die Waffen nicht in den Händen. Das Beil hing an der Seite des Mannes, das Messer der Frau baumelte vor ihrer buschigen Scham und der andere Mann hatte sein Messer unter einen Gürtel um seine Hüfte gesteckt.

Lander lachte.

Es klang angemessen wahnsinnig.

Er lachte erneut, drehte den Neuankömmlingen den Rücken zu und begann, Ruth zu begrapschen. Vielleicht würde er in der Dunkelheit, nackt und verdreckt und mit abgewandtem Gesicht, nicht als Fremder erkannt.

Er presste das Gesicht gegen Ruths Brüste und eine Hand zwischen ihre Beine. Ihr sonst steifes, federndes Schamhaar fühlte sich verfilzt, klebrig und nass an. Ruth stöhnte vor Schmerz, als er ihre Schamlippen betastete. Seine andere Hand, die er hinter ihrem Kopf verborgen hielt, schmerzte durch seinen festen Griff um das Messer.

Lander kletterte auf sie und spreizte mit den Knien ihre Beine. Sein Penis erschlaffte. Machte nichts. Er wollte ohnehin nicht in sie eindringen, um sie nicht zusätzlich zu verletzen, wo sie offenkundig ohnehin bereits Schmerzen hatte.

Der Anschein genügte.

Grunzend pumpte er mit dem Becken.

Jemand blieb zu seiner Rechten stehen. Kauerte sich hin. Lander behielt das Gesicht an Ruths Brüsten und erspähte aus dem Augenwinkel die emporragende Erektion des Mannes. Lander drückte Ruths linke Brust und stieß heftiger zu.

Den Geräuschen nach zu urteilen, umzingelten ihn die anderen. Er schaute nach links. Dort hockte die Frau mit weit gespreizten Knien. Das Messer hing wie ein seltsamer Stahlpenis vor ihrem Schritt.

»Kluger Junge«, sagte sie. »Glaubst du, du kannst uns an der Nase rumführen?«

Großer Gott!

Panisch vor Angst ließ er die linke Hand vorschnellen. Seine Faust schlug gegen das Messer. Die Klinge zuckte, schwang auf dem Befestigungsriemen herum und verschwand zwischen ihren Beinen. Ihr jäher Aufschrei schmerzte in Landers Ohren. Mit seinem eigenen Messer schlitzte er seitwärts und schnitt die Bauchgegend des kauernden Mannes auf – desjenigen mit dem Beil.

Lander kletterte von Ruth und stürzte sich auf den Mann. Er durchschnitt dessen Gürtel, griff sich das Beil und hackte es ins Schienbein des stehenden Mannes, der brüllend zu Boden fiel. Lander sprang auf ihn und schwang die Handaxt. Das Blatt grub sich seitlich in den Schädel.

Lander schaute hinter sich. Andere kamen heran. Er bückte sich über Ruth, schob die Arme unter sie und hob sie an. Dann stemmte er ihr ein Knie in den Rücken, hievte sie hoch, zerrte an ihr und drehte sie herum, bis sie über seine Schulter fiel. Mit einem Arm um ihre Beine kniete er sich hin, um das Beil aufzuheben. Dann rannte er los, drückte sich ihre Beine an die Brust. Er hielt auf die Bäume zu.

Durch Ruths Gewicht kam er nur langsam voran. Er bewegte sich wie in Zeitlupe, als liefe er durch tiefes Wasser.

Hinter sich konnte er die anderen hören.

Keine Chance, wir haben keine Chance ...

Ein Knüppel flog an seinem Kopf vorbei, prallte gegen einen Baumstamm und fiel zu Boden.

Dann spürte er einen Stoß. Ruth zuckte zusammen. Etwas Scharfes stach ihn in den Rücken. Warme Flüssigkeit rann über seinen Hintern und seine Beine. Er spürte einen weiteren Stich und schaute zurück.

Der Mann hinter ihnen hielt einen langen Spieß wie einen Sprungstab im Anschlag. Die Spitze war in Ruths Rücken vergraben. Der Mann zog, drehte das Handgelenk und die Spitze bohrte sich erneut in Landers Rücken.

O Gott, er stach durch Ruth *hindurch* auf ihn ein!

Ein weiterer Stich ließ ihn vor Schmerz zusammenzucken. Ruth begann, von seiner Schulter zu rutschen. Er taumelte seitwärts. Prallte gegen einen Baum. Ließ seine Frau fallen. Drehte sich zu dem Mann um, der hektisch versuchte, den Spieß aus Ruth zu ziehen, und spaltete ihm den Schädel.

Ein Dutzend weiterer Gestalten verfolgte ihn. Männer und Frauen. Heulend, mit Messern und Speeren.

Lander blickte auf Ruth hinab, ein durchbohrter Haufen in der Dunkelheit.

Dann ergriff er die Flucht.

Er rannte zwischen die Bäume, rannte, bis seine Lungen brannten. Schließlich erreichte er den Bach. Mit kräftigen Zügen durchquerte er das Wasser, kletterte das andere Ufer hinauf und stieß um ein Haar mit einem einäugigen Mann zusammen. Lander rammte ihm das Knie in den Schritt. Mit dem Beil schlug er den Schädel des Kerls zu Brei.

Er kauerte sich über die Leiche. Im Wald herrschte Stille. Entweder hatte er seine Verfolger abgeschüttelt oder sie hatten aufgegeben.

Er hatte Zeit.

Lander nahm das Messer des Toten an sich. Er zog dem Mann dessen Lederweste aus und hielt sie ins Mondlicht. Auf der Rückseite prangte eine kunstfertige Zeichnung. Eine nackte Frau mit ausgestreckten Armen, auf jeder Handfläche eine dunkle Kugel. Er erkannte, dass es sich bei den Kugeln um Nippel handelte.

Die Weste bestand aus der Brusthaut eines Tätowierten.

Mit einem Schauder zog er sie an.

Dann rannte er weiter.

KAPITEL 13

Cordie kletterte auf einen umgestürzten Baumstamm. Sie hielt sich an einem abgestorbenen Ast fest, um sich zu stützen, und ließ den Blick über die Umgebung wandern. In der Dunkelheit konnte sie lediglich weitere Bäume ausmachen.

Ben kletterte neben sie. »Wohin?«, fragte er.

»Ich schätze, das spielt keine Rolle. Ich meine, wir könnten überall sein.« Es gelang Cordie nicht, die Verzweiflung aus ihrer Stimme zu verbannen.

»Willst du zurückgehen?«

»Zurück wohin?«

»Versuchen, die anderen wiederzufinden.«

»Ach, und du weißt, wo sie sind?«

»Nicht genau, aber ...«

»Und wie sollen wir sie dann finden? Einfach umdrehen und loswandern? Tolle Idee.« Sie setzte sich auf den Baumstamm und schob sich vorwärts, streckte die Beine dem nicht zu erkennenden Boden zu. Dann stieß sie sich ab. Allerdings nicht kräftig genug. Ein vorstehender Aststumpf schabte über ihr Kreuz, als sie fiel. »Verdammt!« Sie stolperte vorwärts und hielt sich den Rücken.

»Hast du dir wehgetan?«

»Ja! Scheiß, Scheiße, Scheiße!«

Ben sprang hinunter.

»Gottverdammte *Scheiße!*«

»Lass mal sehen.«

Cordie drehte sich um und hob den Rückenteil ihrer Bluse an. »Ist nur ein Kratzer.«

»Küss ihn und mach ihn heil. Aber *vorsichtig.*« Sie spürte die zarte Berührung seiner Lippen auf dem Rücken.

»Besser?«

»Ja. Danke.«

Er stellte sich neben sie und ergriff ihre Hand. Cordies Blick wanderte über die dunkle Wildnis. »Ich weiß nicht, Ben. Sie könnten überall sein.«

»Wir gehen einfach weiter.« Er zuckte mit den Schultern. »Sonst können wir ja nicht viel tun.«

»Wenn wir nur zu dieser Lichtung zurückfinden könnten ... Ich dachte, sie läge in dieser Richtung, aber ...« Sie schüttelte den Kopf. »Hier sieht überhaupt nichts vertraut aus.«

»Ich glaube, wir sind noch nicht weit genug gegangen.«

»Kann sein.«

»Es war eine große Lichtung. Wahrscheinlich stoßen wir früher oder später unweigerlich darauf.«

»Ich würde sagen ...« Jäh verstummte sie und taumelte zurück, als ein nackter Junge hinter einem Baum hervorsprang. Leicht geduckt, eine Hand vorgestreckt, versperrte er ihnen den Weg. In der Hand hielt er ein Messer.

Cordie und Ben wichen zurück. Der Junge bewegte sich vorwärts, folgte ihnen.

»Wegrennen?«, flüsterte Ben.

»Schnappen wir uns sein Messer. Er ist nur ein Kind.« Cordie senkte den Blick in der Hoffnung, etwas zu entdecken, das sie als Waffe benutzen konnte. Der Boden erwies sich als zu dunkel. Dann stieß sie mit der Ferse gegen einen harten Gegenstand. Sie bückte sich und tastete danach. Ihre Fingerspitzen entdeckten eine feuchte Oberfläche aus Rinde. Sie griff zu, stellte fest, dass es sich um einen dicken Ast handelte, und hob ihn hoch. Er begann, sich vom Boden zu lösen, ein Ende jedoch blieb unten.

Das verdammte Ding war gut dreieinhalb Meter lang!

Als Cordie losließ, sprang der Junge vorwärts. Sein Messer schnellte auf ihr Gesicht zu. Sie riss einen Arm hoch, um es abzuwehren. Die Klinge schlitzte ihr den Unterarm auf. Dann packte Ben den Jungen, zog ihn zurück und griff nach der Hand mit dem Messer. Er bekam es nicht zu fassen, aber Cordie schloss beide Hände um das Handgelenk und drehte es mit einem kräftigen Ruck. Der Arm gab ein Geräusch wie knackende Knorpel von sich. Der Junge schrie auf. Das Messer fiel ihm aus den Fingern.

Cordie ließ sich auf Hände und Knie fallen, während Ben versuchte, den sich windenden Jungen festzuhalten. Sie tastete auf dem feuchten Boden umher und fand das Messer, rappelte sich auf die Beine und nahm alle Kraft zusammen. »In Ordnung, halt ihn fest.«

Sie drückte die Spitze der Klinge an den Bauch des Jungen. Er hörte auf zu zappeln.

»Wo lebst du?«, fragte Cordie.

Der Junge knurrte. Seine Oberlippe kräuselte sich und entblößte die Zähne darunter.

»Ich glaube, er versteht dich nicht«, meinte Ben.

»Ja. Schon möglich.« Sie beugte sich dicht zu dem Jungen. »Sprichst du meine Sprache?«

Wieder knurrte der Junge.

»Das Kind ist ein Tier«, murmelte Ben.

»Junge. Ich suche meine Eltern, meine Mom und meinen Dad. Weißt du, wo sie sind? Wohin bringt ihr die Leute, die ihr fangt? Habt ihr ein Lager oder so?«

»Er kann nicht reden.«

»Was sollen wir mit ihm tun?«, fragte Cordie.

Ben zuckte mit den Schultern. »Ich weiß nicht, ob wir ihn gehen lassen sollen. Unmöglich abzuschätzen, was er tun könnte.«

»Tja, ich glaube nicht, dass ich dazu fähig bin, ihn einfach abzuschlachten. Du etwa?«

Ben seufzte. »Eher nicht.«

»He, lass uns deinen Gürtel nehmen. Den können wir ihm um den Hals schlingen, ihn wie eine Leine verwenden und sehen, wohin er uns führt.«

»Wir können es ja versuchen.«

Mit einem Arm um den Hals des Jungen öffnete Ben seinen Gürtel und zog ihn mit einem Ruck aus der Hose. Als er ihn Cordie entgegenhielt, reichte sie ihm das Messer.

Sie schob die breite Lederspitze durch die Schnalle und hob die Schlaufe über den Kopf des Jungen. Ben zerrte den Gürtel zu dem dürren Hals herunter und Cordie zog die Schlaufe stramm.

»Alles klar«, sagte sie. »Lass ihn los. Warten wir ab, was passiert.«

Ben tat, wie ihm geheißen.

Sofort sprang der Junge Cordie an. Sie wich ihm aus, zog kräftig am Gürtel und riss den Jungen von den Beinen. Er fiel ausgestreckt hin und röchelte. Seine Finger krallten sich um den Gürtel, aber Cordie stellte ein Bein auf seinen Rücken und hielt die Schlaufe straff gespannt. Der Junge rollte sich herum. Cordies Fuß rutschte von ihm ab und sie verlor das Gleichgewicht. Im Fallen entglitt der Gürtel ihren Fingern.

Sie sah, wie Ben zutrat. Sein Schuh prallte in das Gesicht des Jungen, der jäh erschlaffte.

»Der ist ausgeschaltet«, murmelte Ben, nachdem er dem Körper einen Stoß versetzt hatte.

»Tot?«

»Nur bewusstlos, glaube ich.«

Sie nahmen sich die Zeit, Cordies verletzten Arm zu verbinden. Ben schnitt mit dem Messer des Jungen einen Streifen von seinem Hemd ab und wickelte ihn um Cordies Wunde.

Danach kniete sich Cordie neben den Körper des Jungen. Sie lockerte den Gürtel. Als sie nach der Halsschlagader tastete, spürte sie einen Puls.

»Lassen wir ihn einfach zurück, solange er noch weggetreten ist«, schlug sie vor.

»Einverstanden.«

Sie entfernten sich von dem Jungen und rannten zwischen die Bäume. Die beiden hatten noch kaum 50 Meter zurückgelegt, als eine Stimme ein einziges Wort rief: »KRULL!«

Es war nicht die Stimme des Jungen.

Und sie ertönte von hinten. Cordie blieb stehen und drehte sich um.

Der Ruf schien immer noch durch den Wald zu hallen wie ein zorniger Donnerschlag des Hasses.

Ein beklommener Schauder lief Cordie über den Rücken. »Was war das?«, flüsterte sie.

»Ich habe keine ...«

Ein schriller, gellender Schrei des Jungen bohrte sich in ihre Ohren.

Ben packte Cordies Arm. »Komm.«

Sie rannten einige Schritte, dann löste sich Cordie von

Ben. »Warte.« Sie duckte sich hinter einen Baum und zog Ben neben sich. »Wie hat sich das angehört?«, flüsterte sie.

»Wie eine Stimme aus der Hölle.«

»Ich meine, klang es nicht so, als hätte jemand ›Krull‹ gerufen und den Jungen dann vielleicht umgebracht?«

»Ja, so hat es sich angehört.«

»Vielleicht hilft uns derjenige.«

»Du bist verrückt.«

»Nein, wirklich. *Wir* sind schließlich keine Krulls. Vielleicht versucht der Unbekannte auch, von hier zu verschwinden. Genau wie wir.«

»Nicht wie wir. Um Himmels willen, du hast ihn doch gehört. Der klang kaum menschlich.«

»Es könnte ja ...« Die Worte blieben ihr in der Kehle stecken, als sie das laute Knacken von Unterholz vernahm.

Bens Hand verstärkte den Griff um die ihre.

Eine großgewachsene, breite Gestalt stapfte zwischen den Bäumen hindurch.

Cordie vernahm ein ersticktes Wimmern, das aus ihrer eigenen Kehle aufstieg.

Ben preschte los und zerrte an ihrer Hand. Sie riss sie zurück. Ben schaute zu ihr.

Die entsetzliche Stimme brüllte: »KRULL!«

Ben ergriff die Flucht.

Cordie sah, wie die massige Gestalt hinter ihm herhetzte. In einem Streifen Mondlicht erblickte sie flüchtig zottige Arme und dicke Beine.

Dann sah sie nur noch Wald. Sie hörte stampfende Schritte.

»Nicht! Bitte!«, kreischte Ben.

Cordie hielt sich die Ohren zu.

Bens letzter Schrei verstummte jäh.

Cordie rollte sich am Fuß des Baumstamms ein, schlang die Arme um die Knie und lauschte in den Wald.

KAPITEL 14

»Heilige Scheiße, eine Hütte!«

Robbins schloss zu Neala auf. Sie blieben neben Sherri stehen und starrten zwischen den Bäumen hindurch.

Am Ende einer länglichen, von Mondlicht erhellten Lichtung stand eine Blockhütte.

»Nicht schlecht«, meinte Robbins. »Das sehen wir uns mal an.«

Er ging als Erster, trat auf freies Gelände hinaus und hielt inne, um den Blick prüfend über die Umgebung wandern zu lassen. Die Lichtung wies mehr als die Größe eines Footballfelds auf, wenngleich sie etwas schmaler zu sein schien. Robbins beobachtete einige Sekunden lang die Ränder des Waldes, nahm jedoch keine Bewegung wahr. Die Hütte präsentierte sich dunkel und wirkte verlassen. »Bleibt dicht bei mir«, forderte er die Frauen auf.

Neala trat rechts neben ihn, Sherri links. Robbins setzte

sich mit dem Gewehr im Anschlag in Bewegung. Der Boden fühlte sich unter seinen Füßen leicht federnd an. Eine kühle Brise strich über seine nackten Arme.

Er sah Neala an. Sie hinkte. Ihre Lippen waren zusammengepresst, als verbeiße sie sich Schmerzen. Sie sah sehr tapfer und zugleich verletzlich aus. Am liebsten hätte er sie in die Arme genommen.

Neala bemerkte seinen Blick und rang sich ein Lächeln ab.

»Wie geht es deinen Füßen?«, erkundigte er sich.

»Die haben schon bessere Nächte erlebt.«

Er wandte sich Sherri zu. »Kommst du klar?«

»Muss ich wohl«, gab sie zurück und lachte verbittert.

Als sie sich der Hütte näherten, sah Robbins, dass sie von etlichen Pfählen umgeben war. Jede der hohen Stangen wies einen Querbalken auf, der an die Arme einer Vogelscheuche erinnerte. Oben auf jedem Pfahl prangte eine dunkle Kugel.

Sherri packte seinen Arm, blieb stehen und zog ihn zurück. »O Scheiße«, stieß sie hervor. »O verfluchte Scheiße!«

»Das sind *Köpfe!*«, flüsterte Neala.

Robbins spähte mit zusammengekniffenen Augen zur Spitze des nächstgelegenen Pfahls. Bei der Kugel handelte es sich tatsächlich um einen Kopf, dessen dunkles Haar im Wind flatterte. Er ließ den Blick von einem Pfahl zum anderen wandern. Auf jeden war ein Schädel gespießt. »Großer Gott«, entfuhr es ihm. Er trat einen Schritt vor.

Sherri zupfte an seinem Arm. »Da gehen wir nicht rein!«

Er wandte sich Neala zu.

Sie schüttelte den Kopf.

»Die Hütte«, sagte er.

»Ich will nicht«, entgegnete Neala mit einer Stimme wie der eines zu Tode verängstigten Kindes.

Robbins drehte sich um und nahm im Wald Bewegung wahr. Ein Gesicht tauchte neben einer Espe auf. Er hob das

Gewehr an und zielte, doch das Gesicht verschwand hinter einem Baumstamm.

Linkerhand preschte eine bleiche Gestalt zwischen den Bäumen hervor.

Sherri stöhnte laut.

»Zur Hütte«, befahl Robbins.

Neala drückte seinen Arm.

Ein Messer flog durch die Nacht, überschlug sich dabei. Die Klinge blitzte im Mondlicht auf. Robbins versetzte Neala einen Stoß. Sie taumelte in dem Moment zur Seite, als das Messer vorbeisauste. Robbins eilte zu ihr.

»Komm«, sagte er und zog sie auf die Beine.

»Großer Gott, es hätte mich ...«

»Hat es aber nicht.«

Sie rannten zur Hütte. Sherri schloss zu ihnen auf. Etwa dreieinhalb Meter vom ersten Pfahl entfernt ließ Robbins Nealas Arm los und hob rasch das Messer vom Boden auf. »Nimm es«, sagte er und schaute zurück.

Er sah niemanden.

Robbins ging zwischen den dicht beisammenstehenden Pfählen hindurch voraus und duckte sich unter den Querbalken hinweg. Er bewegte sich vorsichtig, um keinen der Pfähle zu rammen, stieß jedoch mit dem Gewehrkolben gegen einen. Das Gebilde wackelte. Etwas fiel von oben herab, und Neala, die sich hinter ihm befand, sog scharf und entsetzt die Luft ein. Er wollte zurückschauen, aber die Stangen umgaben ihn wie ein Käfig. Er konnte sich nicht umdrehen, ohne weitere zu berühren.

»Alles in Ordnung?«, rief er zurück.

Keine Antwort.

»Neala?«

»Es geht mir gut«, flüsterte sie.

»Sherri?«

»Schaff uns weg von hier!«

»Wie sieht's in der Nachhut aus?« Die Worte verließen seinen Mund, bevor er seinen Fehler erkannte. »Vergesst ...«

»Iiiiiiiih!«

Robbins richtete sich auf. Seine Schulter stieß gegen einen Querbalken. Das Pfahlgerüst schwankte in der losen Erde. Hastig ergriff er es, um zu verhindern, dass es umfallen konnte. Dann wirbelte er herum und schaute zurück. Neala harrte tief geduckt aus. Sherri stand ein Stück hinter ihr aufrecht mit dem Rücken zu ihm da. Ihre Schultern befanden sich auf selber Höhe mit den Querbalken, ihr Kopf war nur knapp unter all den anderen Köpfen.

Robbins beobachtete sie und begriff, dass sie nicht nach Krulls Ausschau hielt. Sie starrte die aufgespießten Schädel an. Dutzende davon. Rings um sie. Sie schienen sich heranzudrängen wie ein abscheulicher Menschenauflauf.

»Sherri!«, brüllte er.

Sie wirbelte herum. Stieß gegen einen Pfahl. Der stürzte gegen einen anderen, der daraufhin kippte, und plötzlich schwankte und fiel ein Dutzend der Gebilde. Die grausigen Kreuze neigten sich einander zu, als wollten sie sich Geheimnisse zuflüstern, andere prallten gegeneinander, wieder andere landeten auf dem Boden und rollten über die Erde.

Sherri starrte auf das Chaos, dann schaute sie zu Robbins. Ihre Augen und ihr Mund glichen dunklen Löchern in ihrem vom Mondlicht erhellten Gesicht.

Neala begann, sich aufzurichten. Robbins drückte ihren Kopf nach unten. »Nicht hinsehen«, warnte er. »Sherri, geh einfach weiter.«

Sie rührte sich nicht.

»Sherri!«

»Ich kann nicht.«

»Bleib hier«, forderte er Neala auf.

Er duckte sich unter den Querbalken hindurch und bahnte sich einen Weg durch das Labyrinth der Pfähle. Als er in Sherris Nähe gelangte, versperrten ihm die Kreuze in willkürlichen Winkeln den Weg. Er versuchte, eines beiseite zu hieven. Ein verwitterter Kopf, wenig mehr als ein Totenschädel mit einigen im Wind flatternden Haarsträhnen, schaukelte vor seinem Gesicht. Angewidert ließ er den Pfahl fallen.

Er stand Sherri gegenüber. Sie befand sich einige Meter entfernt. Ein Gewirr von Stöcken und Köpfen trennte sie voneinander. Ohne den Blick von ihr zu lösen, bewegte er sich vorwärts, stieg mit großen Schritten auf die morschen Kreuze und stampfte sie in den Boden. Zweimal landete sein Fuß auf Köpfen. Einer zersplitterte. Der andere kippte wie ein Stein und brachte Robbins beinah zu Fall. Im letzten Moment erlangte er das Gleichgewicht wieder und schauderte vor Grauen bei der Vorstellung, in dieses bizarre Chaos zu fallen.

Dann erreichte er Sherri und ergriff ihren Arm.

Er schaute an ihr vorbei. Niemand verfolgte sie.

»Alles in Ordnung?«

Sie brachte nur ein Wimmern heraus.

Robbins zog sie an der Hand durch das in den Boden getrampelte Gewirr.

»Mach die Augen zu«, sagte er.

Kurz schaute er zurück, um sich zu vergewissern, dass sie seinem Rat gefolgt war, dann zog er sie weiter. Er forderte sie auf, sich an seinem Gürtel festzuhalten. Als er das erste aufrecht stehende Kreuz erreichte, trat er es um. Der Kopf flog davon, doch er sah nicht hin. Ein weiteres Kreuz stand ihnen im Weg. Fluchend benutzte er den Gewehrkolben, um es beiseite zu schlagen. Er bewegte sich schnell und räumte ein Hindernis nach dem anderen aus dem Weg.

»Neala, lass die Augen zu. Wir sind gleich bei dir.«

Immer noch schlug er die Gebilde beiseite. Sie prallten gegen andere und Köpfe flogen davon.

Als er Neala beinahe erreicht hatte, zerrte er drei der Kreuze aus der Erde und schleuderte sie zur Seite. Er trat an Neala vorbei. »Halt dich an Sherri fest. Und lass die Augen zu.«

»Johnny, was ...«

»Ich bringe uns zur Hütte.«

Sein Fuß schoss vorwärts und trat einen wackligen Pfahl um. Dieser brachte den davor zu Fall und jener wiederum einen anderen. Während die Gebilde kippten, preschte er weiter und schlug noch mehr um. Er schwang das Gewehr. Der Kolben fällte ein Kreuz nach dem anderen. Robbins schwang die Waffe hoch und sie erfasste einen Kopf. Er schwang sie tief und die Stöcke fielen auseinander. Dann standen ihm keine weiteren Kreuze mehr im Weg. Die Tür der Hütte befand sich nur noch wenige Meter entfernt.

Robbins drehte sich um und betrachtete die Schneise, die er durch die Barriere geschlagen hatte. Der Pfad war von halb umgestürzten Kreuzen gesäumt, die in seltsamen Winkeln aus der Erde ragten.

»Alles in Ordnung«, verkündete er.

Die Frauen richteten sich auf und schauten zurück. Sherri riss eine Hand an den Mund. Neala wandte hastig den Blick ab.

Robbins ging zur Tür der Hütte. Sie besaß keinen Griff. Stattdessen hing ein Lederriemen heraus. Er zog daran und hörte das Knarren von Holz, als sich im Inneren ein Riegel hob. Robbins drückte gegen die Tür. Sie schwang auf.

»Hallo?«, rief er in die Finsternis.

Keine Antwort.

Er trat ein. Die Luft roch nach verdorbenem Wild, fühlte

sich warm und feucht an. Er spähte in die Dunkelheit, konnte jedoch nichts erkennen.

Kurz kramte er in seiner Hosentasche, bis er sein Streichholzbriefchen fand. Er klappte es auf, riss ein Streichholz heraus und zündete es an. Der Kopf flammte auf. Er kniff die Augen gegen die plötzliche Helligkeit zusammen und drehte sich einmal vollständig herum. Nachdem er sich vergewissert hatte, dass in dem kleinen Raum niemand lauerte, schüttelte er das Streichholz aus und kehrte zur Tür zurück.

»Alles klar. Kommt rein.«

Neala und Sherri traten ein. Robbins zog die Tür zu und sperrte dadurch das Mondlicht von draußen aus. Der Holzriegel fiel zu.

»So, da wären wir«, sagte er.

Nachdem er ein weiteres Streichholz angezündet hatte, suchte er in dessen flackerndem Schein rasch nach einer Lampe. Er fand eine Kerze in einem aus einer Wand ragenden Halter und entzündete sie. Wie sich herausstellte, wies jede Wand einen Kerzenhalter auf. Er zündete alle an. Die Flammen flackerten, erfüllten den Raum mit Schatten.

»Das muss ein Bett sein«, murmelte Sherri, den Blick auf einen Haufen Pelze gerichtet. Sie setzte sich darauf, strich vorsichtig mit den Händen darüber, dann legte sie sich zurück und seufzte.

Neala stand in der Mitte des Raums und drehte sich langsam im Kreis. Ihr Blick wanderte zu Robbins' Gesicht.

»Ich denke, wir sollten von hier verschwinden«, sagte sie.

»Wir müssen uns ausruhen«, erwiderte Robbins.

Sherri hob den Kopf. »Ich geh da nicht noch mal raus.«

»Dieser Ort ...«, setzte Neala an. »Wer immer hier lebt, muss derjenige gewesen sein, der die Köpfe aufgespießt hat.«

»Ich will das nicht hören«, verkündete Sherri.

»Was, wenn derjenige zurückkommt?«

KAPITEL 15

Lander kauerte hoch in einem Baum und hörte das Geschnatter von Stimmen. Sie befanden sich nicht weit entfernt. Wahrscheinlich in der Nähe des Bachs. Die Worte ergaben keinen Sinn, aber einige klangen aufgeregt, andere wütend. Eine Frauenstimme sagte etwas, das für allgemeines Gelächter sorgte.

Dann sprach jemand in herrischem Tonfall. Es folgte eine kurze Diskussion. Anschließend verstummte das Gerede.

Lander vernahm die knirschenden Geräusche von Leuten, die sich über Laub durch den Wald bewegten. Er hörte sie sowohl weit zu seiner Linken als auch weit zu seiner Rechten. Sie hatten sich verteilt.

Sie suchen nach mir, wurde ihm klar. *Scheiße, Scheiße.*

Er umklammerte den dicken Ast und presste die Oberschenkel dagegen, als sich seine Eingeweide vor Angst zusammenkrampften.

Auf dem Boden unter seinem Baum tauchten drei Gestalten auf. Eine Frau, zwei Männer. Bewaffnet mit Speeren und Messern.

Lander begann zu zittern.

Beruhig dich, sagte er sich.

Mit denen kann ich es aufnehmen, wenn es sein muss.

Immerhin habe ich schon ... wie viele getötet? Jedenfalls reichlich.

Und ich werde noch etliche mehr umbringen.

Sie glauben, dass sie mich jagen. Aber da irren sie sich. Ich *bin der Gefährliche. ›Gar wohl weiß die Gefahr, Cäsar sei noch gefährlicher als sie.‹*

Verdammt richtig.

›Wir sind zwei Leun, an einem Tag geworfen, und ich der ältre und der schrecklichste.‹

Verdammt noch mal richtig!

Aber sieh nur, was aus Caesar geworden ist.

Drauf geschissen.

Sollen sie nur versuchen, mich zu kriegen. Sollen sie es nur versuchen.

Die drei gingen weiter und verschwanden zwischen den Bäumen. Er hörte, wie ihre Füße über Zweige und Laub knirschten.

Rasch kletterte er von seinem Baum. Kurz stand er reglos da und lauschte. Er konnte sie kaum noch hören. Vielleicht sollte er sie jagen, sich von hinten an einen nach dem anderen anschleichen und ihnen die Kehlen durchschneiden.

Ihnen zeigen, wie gefährlich Caesar sein konnte.

Nein, nein, nein. Wenn er sie im Wald verfolgte, wäre er im Nachteil. Eine schlechte Strategie.

Er wandte sich von ihnen ab und ging zum Bach. Lander watete hinein, schwamm zum anderen Ufer und kletterte an Land.

Die nasse Weste klebte an ihm wie eine zweite Haut. *Ist sie ja auch,* dachte er und lachte.

Reiß dich zusammen.

Er umfasste seinen Penis.

Das ist nicht witzig, schalt er sich.

Verdammt noch mal, hier ist überhaupt nichts witzig.

Ich muss ruhig bleiben, einen kühlen Kopf bewahren. Sonst schnappe ich über.

Bald erreichte er den Rand des Dorfs. Er arbeitete sich nach links vor und blieb zwischen den Bäumen, bis er die Stelle sehen konnte, an der er Ruth gefunden hatte.

Ruth.

Tot.

Aber das ist schon in Ordnung, schließlich bin ich selbst bereits tot, nicht wahr?

Nein – noch nicht ganz.

Lander entfernte sich vom Dorf und suchte nach der Stelle, wo er Ruths Leiche zurückgelassen hatte, ohne jedoch wirklich damit zu rechnen, sie dort zu finden. Nachdem er den Bereich einige Minuten lang durchforstet hatte, gab er es auf.

Er kehrte zum Dorf zurück und kauerte sich neben eine Hütte. Aus seiner Deckung sah er ein Dutzend Gestalten in der Nähe der Glut der Lagerfeuer liegen, außerdem etwa 20, die sich beim Hauptfeuer herumtrieben. Die 20 wirkten zurückhaltend, als wollten sie die Schlafenden nicht stören.

Lander richtete sich auf, schob das Messer und das Beil unter seine Weste und ging direkt auf die Gruppe zu. Sein Herz hämmerte wie Donnerschläge in der Brust, und er konnte kaum atmen, trotzdem lief er weiter, leicht gebückt und humpelnd.

Eine Frau sah ihn an ... und wandte den Blick beiläufig wieder ab.

Als er den Rand der Gruppe erreichte, spähte er in die Mitte. Mehrere kniende Gestalten hantierten mit Messern, schnitten Arme und Beine von Leichen ab – der Frau, die das Messer vor der Scham getragen hatte, des Mannes, dem Lander das Beil abgenommen hatte, des anderen, der Ruth aufgespießt hatte. Und von Ruth selbst.

Ein Arm fehlte bereits.

Während er zusah, trennte eine Frau Ruths anderen Arm ab und warf ihn auf einen Haufen blutiger Gliedmaßen neben dem Feuer.

Zwei Männer schnitten ihre Beine ab.

Lander taumelte rücklings. Alles um ihn herum drehte sich. Er wandte sich ab und fürchtete, er könnte sich übergeben oder das Bewusstsein verlieren. Lander atmete tief durch und lief mitten durch das Dorf.

Vor der entferntesten Hütte schliefen zwei Frauen und ein Mann. Der Kopf des Mannes ruhte auf dem flachen Bauch der Jüngeren der beiden. Neben ihr schnarchte eine fette, ältere Frau, deren Brüste seitwärts hingen. Ringsum lagen Knochen verstreut.

Lander sank auf die Knie. Er holte seine Waffen hervor, kroch an der Fetten vorbei und durch den mit einem Fell verhangenen Eingang der Hütte.

Langsam rückte er in die Dunkelheit vor.

In der Hütte befand sich jemand. Er hörte Atemgeräusche und hielt inne, um zu lauschen. Zwei Personen. Lander klemmte sich das Messer zwischen die Zähne und tastete mit einer Hand umher.

Er berührte einen Fuß, der sich daraufhin ein wenig regte, und er vernahm ein schläfriges Stöhnen. Das Stöhnen eines Mannes. Seine Hand wanderte das Bein hinauf, bis er auf feuchte, schlaffe Genitalien stieß. Ein weiteres Stöhnen, das diesmal beinah wie ein wohliges Seufzen klang. Seine Hand arbeitete sich über den Bauch und die Brust des Mannes vor. Schließlich fand er den Hals, dann den Mund.

Lander legte das Beil beiseite, schlug eine Hand über den Mund des Mannes und schlitzte ihm die Kehle auf.

Warme Flüssigkeit spritzte ihm ins Gesicht. Die Arme und Beine zuckten, allerdings nur für wenige Sekunden. Die feuchten, gurgelnden Geräusche klangen laut.

»Onich?« Eine Frauenstimme.

Lander streckte in der Dunkelheit den Arm aus und berührte eine nackte Schulter. Er kroch näher hin. Seine Hand legte sich auf eine kleine, feste Brust.

Finger strichen über seinen Körper hinab und massierten seine Hoden, ehe sie sich um sein anschwellendes Glied legten. Plötzlich sog die Frau scharf die Luft ein. Ihre Hand zog sich zurück. Ihr Körper drehte sich herum, doch Lander hielt sie an der Brust fest und stieß mit dem Messer zu. Es bohrte sich tief in sie. Die Frau schrie auf. Er tastete nach ihrem Mund, fand ihn und dämpfte ihr Gebrüll mit einer Hand, dann rammte er ihr das Messer knapp unter dem Ohr seitlich in den Hals. Ihr Körper erstarrte unter ihm, zuckte kurz und erschlaffte schließlich.

Lauschend lag er auf ihr.

Wie laut war ihr Aufschrei gewesen? Hatte er die anderen geweckt?

Eine lange Weile rührte er sich nicht. Als er letztlich überzeugt davon war, dass niemand etwas gehört hatte, kletterte er leise von der Frau herunter.

Er setzte sich zwischen die beiden Leichen und überlegte, was er als Nächstes tun sollte. Vielleicht sollte er sie verstümmeln. Ihnen die Köpfe abhacken. Oder dem Kerl den Schwanz abschneiden und ihn der Frau in den Mund stopfen. Vielleicht sollte er ihr auch etwas in die Scheide schieben.

Bei dem Gedanken bekam er eine Erektion.

Nein. Scheiße, nein.

Ich bin keine Bestie, um Himmels willen.

Ein Rächer, keine Bestie. Ein Racheengel.

Der Engel des Todes!

Wieder lachte er und unterdrückte den Laut sofort. Dann berührte er sich im Schritt. Seine Erektion war erschlafft.

Gut. Ich bin ein Rächer, kein rasender Lustmolch.

Er kroch durch die Dunkelheit und schob die Fellklappe vor dem Eingang beiseite. Von draußen strömte Luft herein und kühlte seine verschwitzte Haut. Er robbte hinaus.

Lander kauerte sich neben die Asche des erloschenen Feuers, wo immer noch der Mann und die beiden Frauen schliefen. Sein Blick wanderte über weitere Gestalten, die in der Nähe lagen. Die Nächsten waren zwei Männer, etwa 15 Meter entfernt. Die Gruppe am Hauptfeuer arbeitete nach wie vor. Sie hatten das Feuer geschürt. Darüber hingen von einem Gestell mehrere abgetrennte Arme.

Sie braten das Fleisch, bevor es verdirbt.

Lander hob sein Beil an.

Hier kommt Nachschub für euch, dachte er. *Ich sorge dafür, dass ihr euch mästen könnt.*

Mit einem kräftigen Hieb schlug er der älteren Frau den Schädel ein. Er sprang weiter, kauerte sich wieder hin und schwang das Beil erneut. Es grub sich in die Stirn des Mannes. Rasch zog Lander es heraus. Die junge, schlanke Frau öffnete die Augen. Gleich darauf kreischte sie. Lander zielte auf ihre Nase, verfehlte sie, schlitzte stattdessen ihre linke Gesichtshälfte auf und brachte ihr Auge zum Platzen.

Ein Speer zischte an Landers Stirn vorbei. Er sah, dass mehrere Gestalten auf ihn zukamen – die gesamte Rotte.

Er stand auf, schwenkte das Beil über dem Kopf und brüllte: »Fahrt zur Hölle, ihr Missgeburten!«

Dann ergriff er die Flucht.

KAPITEL 16

Neala saß mit dem Rücken an der Wand unter einer Kerze und beobachtete, wie Johnny die Hütte durchsuchte.

Zuerst überprüfte er die Wände, an denen Rehfelle hingen, vermutlich, um den Wind auszusperren. Er hob jedes Fell an und spähte darunter.

Als er mit den Wänden fertig war, trat er an den Kamin. Ein schwarzer Kessel hing über der erloschenen Kohle. Er holte ihn heraus, nahm den Deckel ab und schnupperte. Würgend schloss er den Deckel wieder.

»Was ist?«, flüsterte Neala.

»Verdorben.«

Johnny hängte den Kessel zurück auf den Haken. Dann schob er die Hand in die Asche darunter. »Kalt«, sagte er, wischte sich die Finger ab und richtete sich auf. Er ergriff einen Schürhaken aus Metall. Für Neala sah er solide und schwer aus. Johnny schwang ihn einige Male, als wolle er das Gewicht testen, anschließend legte er ihn zurück. Eine Weile begutachtete er den rußigen Blasebalg, einen Besen, einen Stuhl mit Korbsitz. Schließlich wandte er sich ab.

Er wanderte durch die Hütte. Seine Füße verursachten dank der dicken Felle, die den Boden bedeckten, kaum ein Geräusch.

»Wonach suchst du?«, fragte Neala.

»Nach irgendetwas, das wir verwenden können.« Er schüttelte den Kopf. »Aber hier ist gar nichts. Abgesehen *davon*.« Er nickte in Richtung des bedeckten Kessels.

»Was brauchen wir denn?«

»Etwas zu essen und Wasser. Ein paar Kanonen wären auch nett.«

Aus der Ecke ertönte Sherris Stimme. »Wenn du schon beim Träumen bist, wie wär's mit einem Helikopter, der uns von hier wegschafft?«

»Vielleicht gibt es noch einen Raum«, meinte Neala.

»Hab ich schon überprüft. Keine weiteren Türen.«

»Und eine weitere Hütte? Hinten vielleicht?«

»Ich seh' mal nach.« Er ging zur Tür, ergriff sein Gewehr, hob den Riegel an und zog die Tür auf.

Sein Körper zeichnete sich als schwarzer, kräftiger Schemen gegen die Dunkelheit draußen ab. Er wirkte wachsam und gefährlich, als er in die Nacht hinausspähte. Dann drehte er sich um. »Bis gleich«, sagte er, und Neala hörte in seiner Stimme die Tapferkeit eines verängstigten Jungen.

Er griff nochmals herein, um die Tür zuzuziehen.

»Moment«, sagte Neala.

Johnny wartete, während sie aufstand und sich draußen zu ihm gesellte.

Ihr Blick wanderte über die unzähligen wackeligen Kreuze und Köpfe. Sie erkannte die Schneise, die Johnny für sie geschlagen hatte.

»Gehen wir nach hinten«, schlug Johnny vor.

Sie blieben dicht neben der Hütte. An der Ecke erblickte Neala weitere Kreuze, weitere Köpfe. An der Rückseite befanden sich noch mehr davon, aber keine anderen Gebäude. Die kleine, kompakte Hütte stand allein da.

Die beiden umrundeten den Rest der Hütte und blieben an der Tür stehen.

»Ich bleibe eine Weile hier draußen«, erklärte Johnny. »Du gehst rein und schläfst ein wenig.«

Neala zögerte. Vielleicht brauchte der Mann etwas Zeit für sich. Wahrscheinlicher jedoch fand sie, dass er ritterlich sein und Wache halten wollte, während sie schlief.

»Ich will bei dir bleiben«, gab sie zurück.

»Also ...«

»Wenn du lieber allein bist ...«

»Nein, schon gut.« Er grinste. »Glaubst du wirklich, ich möchte mit all dem allein sein?« Er betrachtete das Meer der Köpfe. »Was, wenn sie anfangen, mit mir zu reden?«

»Glaubst du, das könnten sie?«

»Nicht, wenn wir uns weiter unterhalten.«

»Können wir uns setzen?«

Sie nahmen auf dem Boden Platz. Neala schlug die Beine übereinander und lehnte sich an die Blockhütte. Das Holz fühlte sich durch den dünnen Stoff ihrer Bluse rau und kratzig an. Sie ließ den Blick zu Boden gerichtet, während sie sprach. »Ich wollte dir danken«, sagte sie. »Ich weiß nicht, was hier los ist oder warum du es getan hast, aber du hast uns das Leben gerettet.«

»Na ja ...«

Neala wartete darauf, dass er fortfuhr, doch er fügte nichts hinzu. »Warum bist du eigentlich zurückgekommen?«

»Wer weiß?«

»*Du* musst es wissen.«

»Ja. Ich schätze, das muss ich wohl.«

»Sag es mir.«

»Ich denke, ich wollte nicht, dass du stirbst.«

Sie rückte seitwärts, bis sie ihn an ihrer Schulter spürte. Neala fühlte sich zu diesem Mann stark hingezogen, was sie verwirrte. Schließlich hatte er ursprünglich dabei mitgewirkt, sie in diesen Albtraum zu stürzen. Vermutlich sollte sie ihn dafür hassen. Doch das konnte sie nicht. Er war stark und tödlich, aber zugleich auf eine Weise verletzlich, die in ihr den Wunsch weckte, ihn festzuhalten.

»Warum ich?«

»Keine Ahnung. Da ist etwas ... Ich wusste, was sie mit euch machen würden. Der Gedanke, dass du verletzt wirst ...«

»Was ist mit Sherri? Mal angenommen, es wäre nicht um mich gegangen. Hättest du sie zum Sterben zurückgelassen?«

»Ja.«

»Warum?«

»Weil es in Barlow so läuft. So ist es schon immer gewesen, von Anfang an.«

»Wie hat es denn angefangen?« Sie sah ihn an. Er begegnete ihrem Blick, dann schaute er weg und betrachtete die Umgebung.

»Ich bin nicht sicher, ob das noch irgendjemand weiß«, antwortete er. »Die Krulls waren als Erste hier. Niemand scheint zu wissen, woher sie kommen. Allerdings gibt es reichlich Theorien. Manche behaupten, sie wären Kinder des Teufels, andere sagen, sie sind eine Art Stamm aus der Steinzeit.«

»Wenn sie aus der Steinzeit sind, woher haben sie dann Waffen aus Stahl?«

»Von uns. Wir geben ihnen, was sie wollen. Außer Schusswaffen.«

Neala schüttelte den Kopf.

»Na jedenfalls hatte meine Geschichtslehrerin an der Highschool die Theorie, dass die Krulls Nachkommen einer Gruppe von Wikingern sein könnten, die an der Pazifikküste ankam und sich das Delta entlang vorgearbeitet hat.«

»Und was denkst du?«

»Ich denke, sie könnten von irgendeinem verrückten alten Mann aus den Bergen abstammen – einem durchgeknallten Daniel Boone.« Neala sah ein verschmitztes Grinsen, als er mit den Schultern zuckte. »Was soll's, niemand weiß es. Ich habe eine Nachbarin namens Joanne Early, die glaubt, dass sie Marsmenschen sind. Was immer sie wirklich sind, sie haben die Kontrolle. Früher sind sie etwa einmal pro Monat über die Ortschaft hergefallen, aber unsere Vorväter ließen sich etwas einfallen und fingen an, ihnen Fremde auszuliefern. Das funktionierte prächtig, denn die Bewohner von Barlow raubten die Leute zudem aus, bevor sie den Krulls übergeben wurden.«

»Das tun sie noch immer«, sagte Neala und blickte auf ihre nackten, blutigen Füße hinab.

»Beide Seiten profitieren davon. Solange die Krulls 8 bis 10 Opfer pro Monat bekommen, lassen sie uns zufrieden.«

»Hat nie jemand versucht, sie aufzuhalten?«

»Es gab schon ein paar Versuche, aber nicht viele. Einmal brach ein Bursche namens MacQuiddy mit einer Gruppe von Männern aus dem Ort dazu auf. Sie nannten sich die Glorreichen 14. Das war damals in den 1930ern. Zu der Zeit hatte sich herumgesprochen, dass es klug wäre, Barlow zu meiden. Es kamen kaum noch Reisende durch und unsere Leute konnten keine Opfer mehr in den Wald bringen. Also schlichen sich die Krulls eines Nachts in den Ort. Sie schnappten sich ein Dutzend Frauen und Kinder. Die Glorreichen 14 zogen los, um sie zu retten, und kamen nie zurück.«

Neala beobachtete, wie sein Blick über das Meer der Köpfe wanderte. »Niemand kommt je zurück«, fügte er hinzu.

»Werden wir es denn schaffen?«

»Wir werden es jedenfalls versuchen.« Johnny schlang einen Arm um ihre Schultern und sie lehnte den Kopf an ihn.

Es fühlte sich gut an, mit Johnny zusammen zu sein.

Besser als mit irgendeinem anderen Mann seit Derek. Das war vor fast zwei Jahren gewesen. Die Trennung hatte sie in ein tiefes Loch gerissen. Sechs Monate lang hatte sie wie eine Einsiedlerin gelebt, Derek gehasst, alle Männer gehasst und doch ständig an die Zeit gedacht, die sie miteinander verbracht hatten, und davon geträumt, dass er zurückkommen würde. Fast so, als hätte sie masochistische Freude an dem Schmerz gehabt, der mit solchen Gedanken einhergegangen war.

Als sie die Einsamkeit letztlich aus dem Haus trieb, traf sie sich nur mit verzweifelten Männern. Sie wollten nachts Nealas Körper spüren, weil sie dieselbe Einsamkeit plagte. Viele versuchten, sich cool zu geben. Sie redeten großspurig daher, fuhren Porsches und verstellten sich. Andere zeigten ihre Empfindlichkeit wie eine offene Wunde – Jammerlappen, die um Aufmerksamkeit bettelten. Nur selten traf sie auf normale Kerle, die Selbstvertrauen ausstrahlten und die sie vielleicht gern näher kennengelernt hätte.

Neala vermutete, dass die meisten davon bereits verheiratet und damit beschäftigt waren, Kinder großzuziehen.

Und nun war da Johnny Robbins. Als normal konnte man ihn nicht bezeichnen – nicht, nachdem er in einer Ortschaft wie Barlow aufgewachsen und derart schreckliche Dinge getan hatte. Aber er war stark und selbstsicher. Er konnte liebenswürdig sein. Und er redete unverblümt.

Johnny unterschied sich so sehr von diesen anderen Männern – er vermittelte Unerschütterlichkeit. Jemand, auf den man sich verlassen konnte.

Jemand, den sie vielleicht lieben könnte.

Tränen traten ihr in die Augen. Sie schniefte und Johnny sah sie an.

»Tut mir leid«, sagte sie.

»Muss es nicht.«

»Es ist nur alles so entsetzlich.«

»Ich weiß.« Seine Hand streichelte ihr Haar und ihr nasses Gesicht.

»Wir werden nie Gelegenheit bekommen, einander kennenzulernen, Johnny. Ich meine, Zeit miteinander zu verbringen, etwas miteinander zu unternehmen.«

»Doch, werden wir«, widersprach er.

Sie schüttelte den Kopf. Ein Schluchzen erschütterte ihren Körper.

»Werden wir. Verlass dich drauf.«

Sein Gesicht bewegte sich dicht zu ihrem. Er sah ihr in die Augen, lächelte warmherzig und drückte den Mund auf den ihren. Ihr Kuss hielt lange an. Neala wünschte, er würde nie enden.

KAPITEL 17

Cordie lag eingerollt auf dem Boden am Fuß des Baums, zitterte und wagte nicht, sich zu bewegen. Sie hatte schon lange so ausgeharrt.

Es mussten Stunden vergangen sein, seit das schauerliche Gebrüll der Kreatur durch den Wald gehallt war und sie gesehen hatte, wie die dunkle Gestalt zwischen den Bäumen hindurchgestapft war. Stunden, seit sie Bens flehentliche, verängstigte Stimme gehört hatte. Gott, er musste einen grauenhaften Tod gestorben sein.

Das Ding war danach in ihre Richtung gekommen und an ihr vorbeigegangen.

Aber es konnte immer noch in der Nähe lauern.

Dennoch konnte sie nicht mehr lange auf dem Boden bleiben. Sie musste dringend Wasser lassen und wollte sich nicht benässen.

Schließlich rollte sie sich auf den Bauch und hob den

Kopf. Ihr Blick wanderte suchend durch den Wald. Der Luft haftete ein bläulich-grauer Schimmer an, und sie konnte weit zwischen die Bäume ringsum sehen.

Voll plötzlicher Angst wurde ihr klar, dass die schützende Dunkelheit der Nacht verschwunden war.

Sie rappelte sich auf die Knie. Ihr linker Arm, taub, weil sie so lange mit dem Körper darauf gelegen hatte, hing nutzlos an ihrer Seite. Nur langsam kehrte wieder Gefühl in ihn zurück. Er begann, zu kribbeln und zu brennen. Cordie schüttelte ihn. Sie beugte die Finger. Als sich ihr Arm wieder brauchbar anfühlte, stand sie auf.

Langsam drehte sie sich um und betrachtete den Wald. Sie schien allein zu sein.

Rasch zog sie die Hose runter. Sie kauerte sich hin und erleichterte sich. Das Plätschern, als der Strahl auf dem Laubboden auftraf, hörte sich entsetzlich laut an. Während ihr Blick weiter auf den Wald geheftet blieb, wünschte sie, das Geräusch möge verstummen, doch sie war nicht bereit, sich das Pinkeln zu verkneifen; zu gut fühlte es sich an, das schmerzliche Ziehen loszuwerden. Endlich wurde sie fertig. Sie stand auf und zog die Hose hoch.

Eine Weile starrte sie in die Richtung, in die Ben geflüchtet war. Sie wollte seine Leiche nicht sehen. Andererseits konnte sie auch nicht einfach gehen. Nicht, ohne sich vergewissert zu haben, dass er tot war. Sie musste sich davon überzeugen, musste ihn sehen.

Langsam ging sie los und versuchte, sich vollkommen geräuschlos zu bewegen. Trotz ihrer Vorsicht verursachte jeder Schritt ein leises Knirschen auf dem Waldboden. Nicht viel, trotzdem genug, dass es andere hören konnten. Zu viel. Sie machte längere Schritte. Zwar wurde sie dadurch lauter, doch sie würde nicht so oft auftreten müssen, bis sie ihr Ziel erreichte.

Ein Ziel, das sie gar nicht erreichen wollte. Eigentlich wollte sie sich nur verstecken.

Aber sie *musste* es herausfinden.

Cordie ging weiter. Sie wusste genau, wo sie suchen musste. Die ganze Nacht lang hatte sie im Geist gesehen, wie Ben zwischen die Bäume lief, hatte ihn rennen gehört, hatte seine Stimme vernommen. Er war nicht weit gekommen. Nicht weiter, als es zu Hause von der Eingangstür zur Küche war.

Als sie seine Beine erblickte, hielt sie inne. Er lag auf dem Rücken, ein Bein gerade ausgestreckt, das andere am Knie seitwärts in eine Lage verbogen, die schmerzhaft aussah. Der Rest von Ben befand sich hinter einem Baum verborgen.

Seine Hose strotzte vor Blut.

»Ben?«, fragte sie. Das Wort drang leise wie ein Atemzug über ihre Lippen.

Trotzdem viel zu laut.

Cordie trat einen Schritt vor und erblickte mehr: den Schritt seiner Hose, den blutigen Vorderteil seines Hemds. Sie rückte weiter vor. Der Baum gab noch mehr preis: seine Brust, seinen ausgestreckten rechten Arm. Noch ein Schritt, dann könnte sie sein Gesicht sehen.

Gott, das wollte sie nicht.

Nicht in diesem Zustand.

Verzerrt, erfüllt von Bens Angst im Augenblick seines Todes.

Es hätte auch keinen Zweck. Er war offensichtlich tot. Cordie brauchte sein Gesicht nicht zu sehen, um das zu wissen.

Gott, es anzuschauen ...

Das Gesicht, das sie erst vergangene Nacht so ausgiebig und innig geküsst hatte.

Cordie begann zu weinen.

Sie wich zurück, bis der Baum alles außer den Beinen verbarg. Cordie starrte sie an, nahm sie durch die Tränen nur verschwommen wahr.

Die Schuhe.

Einen davon hatte sie vergangene Woche im Autokino aus dem Fenster des Wagens geworfen.

»O Ben«, stöhnte sie.

Dann rannte sie los. Sie wusste, dass sie zu viel Lärm verursachte, doch es kümmerte sie nicht.

Sollen sie mich doch erwischen. Sollen sie ruhig.

Sie lief wie besessen, weg von Ben. Sie rannte blind, mit Tränen in den Augen und in den Nacken geworfenem Kopf. Es schien besser, den blauen Morgenhimmel zu betrachten, als zu sehen, was immer kommen mochte, um sie zu töten.

Cordie preschte in ein Dickicht. Die Zweige zerrten an ihren Beinen, doch sie stemmte sich grunzend dagegen und trat um sich. Es konnte sie nicht aufhalten. Als sie jedoch auf der anderen Seite hervorbrach, verhedderte sich ihr Fuß, und sie stolperte. Mit einem Aufschrei fiel sie vornüber und drehte sich verzweifelt, um nicht auf dem nackten Jungen zu landen.

Dem Jungen, der sie in der vergangenen Nacht angegriffen hatte.

Dem Jungen, der nur Minuten vor Ben getötet worden war.

Sie prallte auf den Boden, rappelte sich hastig auf Hände und Knie und schaute zu der Leiche. Cordie erblickte Blut, Ameisen und einen breiigen Stumpf, wo der Kopf hätte sein sollen.

Sie mühte sich auf die Beine und rannte weiter. Wieder wurde ihr bewusst, dass sie zu viel Lärm verursachte.

Und nun war es ihr nicht mehr egal.

Sobald sie die Leiche ein gutes Stück hinter sich gelassen hatte, blieb sie stehen und sah sich um.

Da!

Dichtes Gestrüpp zu ihrer Rechten.

Cordie eilte zu dem hohen Gewirr von Büschen und umkreiste es, versuchte, hineinzusehen. Das dichte Geflecht von Zweigen und Blättern versperrte ihr die Sicht.

Perfekt!

Sie legte sich auf den Bauch und robbte los, schob sich durch das Blätterwerk und die elastischen, tief herabhängenden Ranken, tiefer und tiefer in das Dickicht.

Schließlich hielt sie inne, schaute in jede Richtung und konnte von der Außenwelt nicht das Geringste sehen. Sie rollte sich ein. Direkt über ihr konnte sie einige wenige Flecken des Himmels erkennen.

Etwas kitzelte ihren Arm.

Sie sah hin.

Eine Ameise.

Cordie zerdrückte sie mit der Fingerspitze. Das Insekt hinterließ einen winzigen, schmierigen Fleck auf ihrer Haut.

»Noch nicht«, murmelte sie.

KAPITEL 18

Neala erwachte. Ihr Kopf lag auf Johnnys Schoß. Sie befanden sich immer noch draußen. Johnny lehnte mit dem Rücken an der Wand der Hütte.

Er lächelte auf Neala herab. Seine Augen waren blutunterlaufen. In seinem Gesicht prangten der dunkle Schatten von Bartstoppeln, einige Kratzer und braune Flecken geronnenen Blutes. *So müssen Soldaten aussehen*, dachte sie.

Neala fasste nach oben und berührte seine raue Wange.

»Ich schätze, ich könnte eine Rasur vertragen«, meinte er. »Und Schlaf. Hast du überhaupt welchen abbekommen?«

»Schlaf? Was ist das?«

Seine Hand streichelte Nealas Stirn, fühlte sich groß, warm und tröstlich an. Neala zog sie zu ihrem Mund und küsste sie. Dann schob sie seine Finger in ihre Bluse. Neala schloss die Augen, als sie sich sanft über ihre Brüste bewegten, die Haut auf ihrem Bauch streichelten. Sie spürte, wie seine Erektion gegen ihren Hinterkopf drückte. Seine Finger kehrten zu ihren Brüsten zurück, mittlerweile weniger sanft. Stattdessen massierten sie ihren Busen und spielten mit ihren Nippeln.

Neala zog seine Hand aus ihrer Bluse und stand auf. Ihre steifen Muskeln schmerzten und brannten, als sie sich streckte. Sie lächelte auf Johnny hinab. Er beobachtete sie, als wüsste er, was als Nächstes geschehen würde.

Sie öffnete ihre Bluse und streifte sie ab.

»Bist du sicher?«, fragte Johnny. »Hier?«

Neala wandte den Blick nicht von ihm ab. Sie wusste, würde sie zu den aufgespießten Köpfen schauen, könnte sie nicht weitermachen. »Wir können nur hier«, erwiderte sie.

»Was ist mit drinnen?«

»Da ist Sherri.« Sie fingerte an ihrem Gürtel, öffnete ihn. »Hier ist es gut. Im Sonnenschein.« Neala knöpfte ihre Kordhose auf und ließ sie ihre Beine hinabrutschen. Sie stieg heraus und stellte sich vor Johnny, nur mit ihrem Slip bekleidet. Dann zog sie auch diesen aus. Eine morgendliche Brise strich über ihre Haut. Die Sonne wärmte sie.

Neala kauerte sich vor Johnny und half ihm, seine Stiefel und Socken abzustreifen. Sie richtete sich auf und zog ihm sein T-Shirt über den Kopf. Während er seine Hose öffnete, streichelte sie seine breiten Schultern. Seine Brust war glatt, muskulös und sonnengebräunt. Sie spielte mit seinen Nippeln.

Johnny bückte sich, um die Hose hinunterzuziehen, dann umarmte er sie. Er fühlte sich warm und groß an. Seine Zunge schob sich wie der Phallus eines kleinen, aber zielstrebigen Tieres in ihren Mund.

Lange hielten sie einander fest. Sie berührten sich, streichelten einander. Schließlich breiteten sie ihre Kleider auf dem Boden aus.

Neala legte sich auf den Rücken.

Johnny kniete sich zwischen ihre Beine. Sein Glied war riesig und steif.

Es füllte sie aus, dehnte sie, bereitete ihr Schmerzen, doch die Schmerzen steigerten ihr Verlangen nur. Sie wimmerte in seinen Mund, umklammerte sein Gesäß, während er scheinbar immer tiefer in sie stieß.

Bald konnte er sich nicht mehr zurückhalten.

Noch einmal stieß er zu, spritzte ab, flutete sie förmlich, und sie versuchte, nicht aufzuschreien, als die Zuckungen eines so intensiven Orgasmus sie erbeben ließen, wie sie noch keinen erlebt hatte.

Die Tür der Hütte knarrte. Als Neala die Augen öffnete, sah sie, wie Sherri heraustrat.

»Seid ihr fertig?«, fragte sie in sarkastischem Tonfall.

»Um Himmels willen, Sherri!«

»Oh, beachtet mich gar nicht.«

»Verschwinde! Was ist bloß los mit dir?«

Kopfschüttelnd starrte Sherri in die Ferne. »Mit mir gar nichts. Aber bei euch beiden bin ich mir nicht so sicher.«

»Wenn du kurz reingehst«, meldete sich Johnny zu Wort, »machen wir noch eben fertig und ziehen uns an.« Seine Stimme klang völlig ruhig.

»Mögt ihr kein Publikum?«

»Verdammt noch mal, Sherri!«

»Tja, ihr habt eines. Dachte nur, das solltet ihr wissen.« Sie deutete mit der Hand.

Neala drehte den Kopf. »O Gott«, stieß sie stöhnend hervor und umklammerte Johnny.

»Sie sind schon da, seit ihr angefangen habt«, erklärte Sherri. »Zuerst waren es nur ein paar. Inzwischen müssen es 15 oder 20 sein. Schätze, die Show hat ihnen gefallen.«

»Keine Sorge«, flüsterte Johnny Neala zu.

Er stemmte sich hoch. Sein noch steifes Glied befand sich

nach wie vor in ihr. Mit einem Ausdruck von Zärtlichkeit und Bedauern in den Augen zog er sich langsam aus ihr zurück. Er richtete sich auf die Knie auf und ergriff sein Gewehr, dann stand er auf, setzte es an der Schulter an und zielte in Richtung der versprengten Gruppe jenseits der Kreuze mit den Köpfen.

Neala begann, ihre Kleider einzusammeln. Sie schaute auf. Sherri starrte sie an. »Verdammt, hilf mir gefälligst.«

Sherri nickte und bückte sich, um Johnnys Stiefel, Socken und Hose aufzuheben. Damit hatten sie alles. Neala rannte voraus in die Hütte.

Sherri blieb an der Tür stehen und schaute hinaus. Als Johnny auf sie zukam, rührte sie sich immer noch nicht.

Neala ließ ihr Kleiderbündel fallen, packte Sherris Arm und zog sie herein.

Sherri wirbelte herum. »Lass mich in Ruhe!«

»Sherri, um Himmels willen, du führst dich auf wie ...«

Sherri ergriff Nealas Haar und riss ihren Kopf mit einem Ruck zurück. »Halt die Klappe«, zischte sie. »Halt einfach die verdammte Klappe.«

KAPITEL 19

Als Cordie erwachte, starrte sie durch das verworrene Blätterdach des Gebüschs und lauschte, wagte nicht, sich zu rühren.

Sie hörte rennende Schritte, Stimmengewirr, ungestümes Gelächter. Den Geräuschen nach zu urteilen, hätte sie vermutet, dass sich mindestens ein halbes Dutzend Teenager in der Nähe befinden musste.

Das Dickicht fühlte sich nicht mehr wie eine Zuflucht an ... sondern wie eine Falle.

Sie wollte raus, wegrennen ...

Aber man würde sie vielleicht hören. Vielleicht sogar schon, während sie über das Laub und die Zweige robbte, und dann würde sie gefasst, noch bevor sie frei wäre. Gefangen in den Büschen, wäre sie hilflos. Ein Spielzeug für die Kinder.

Sie würden sich mit ihr vergnügen, sie hänseln, sie schneiden, sie in Brand stecken.

Cordie lauschte dem ausgelassenen Gelächter, den quiekenden Stimmen.

Sie ertönten rings um das Dickicht.

Als wüssten sie, dass Cordie sich darin versteckte.

Sie wollte sich einrollen und die Knie an die Brust ziehen, doch sie wagte nicht, sich zu bewegen. Stattdessen presste sie die Beine zusammen und die Arme an ihre Seiten. Durch das dichte Gezweig starrte sie zum morgendlichen Himmel empor.

Und wartete.

Die Kinder unterhielten sich mit hohen Stimmen in scharfem Tonfall miteinander. Jemand kicherte. Büsche raschelten.

Cordies steifer Körper erzitterte. Ihr Hals schmerzte vor Anspannung.

Sie wissen, dass ich hier bin!

Wie *konnten* sie es wissen?

Dann vernahm sie die Geräusche von jemandem, der in das Dickicht kroch. Zu ihr.

Scharf sog sie den Atem ein und hielt ihn an, bemühte sich, nicht aufzuschreien.

Alle anderen Geräusche verstummten.

Sie lauschen, dachte sie. *Sie sind da draußen und lauschen, warten.*

Cordie hob den Kopf. Sie blickte ihren Körper hinab an ihren Schuhen vorbei und sah, wie ein Gesicht auftauchte. Das eines Mädchens. Eines blonden Mädchens mit Zweigen im zerzausten Haar. Eines Mädchens mit Blut an den Lippen, auf den Wangen und am Kinn.

Sie war jung. 13 oder 14. Die sonnengebräunten Schultern schienen nackt zu sein.

Als das Mädchen näher kroch, hörte Cordie, wie ihr eigener Atem hektisch wurde und stoßweise ging. Wie bei einem Hund, der einen Albtraum durchlebt. Sie schluckte, bekam den Speichel in die Luftröhre und schnappte nach Atem.

Das Mädchen robbte neben Cordie. Kratzer überzogen die Haut am Rücken, weitere, die wie die Male von Fingernägeln aussahen und bluteten, prangten auf ihrem Hintern.

Das Mädchen setzte sich auf und überkreuzte die Beine. »Ich bin Lilly«, sagte sie. »Wie ist dein Name?«

Cordie murmelte ihren Namen.

»Wie?«

»Cordelia.«

»Das ist ein komischer Name.« Sie rümpfte die Nase. »Was für ein komischer Name ist das denn?«

»Wer *bist* du?«

»Lilly.«

»Bist du eine von *denen?*«

»Klar.« Lilly kratzte eine ihrer winzigen, kegelförmigen Brüste. »Ich bin schon seit ein paar Jahren bei ihnen. Es ist lustig.«

»Lustig?«

»Scheiße, ja!« Sie kicherte. »Keine Schule, niemand sagt mir, was ich zu tun habe, und es wird ständig gefickt. Es ist toll. Wird dir gefallen.«

Cordie schüttelte den Kopf.

»Doch wirklich, du wirst begeistert sein.«

»Ihr seid Mörder.«

»Klar. Es ist echt ein Spaß. Wie auch immer, du sollst rauskommen.«

»Wozu?«

Lilly lächelte und zuckte mit den Schultern. »Du willst bestimmt nicht hier drinbleiben.« Sie beugte sich vor und stützte die Ellbogen auf die Knie, dann flüsterte sie: »Wenn du nicht rauskommst, dann müssen die Jungs reinkommen. Das würde ihnen nicht gefallen. Sie müssten dafür kriechen. Also begleitest du mich besser raus.«

Cordie schüttelte den Kopf.

»Sie werden sonst echt wütend. Damit vertust du dir deine Chance.«

»Was für eine Chance?«

»Dich uns anzuschließen. Wenn sie sauer sind, lassen sie dich nicht.«

»Was passiert, wenn ich mich euch anschließe?«

»Dann töten wir dich nicht.«

»Aber was *passiert*?«

»Naja, nachdem die Jungs dich in Augenschein genommen haben, musst du eingeführt werden. Danach gehörst du zu uns und kannst so wie wir frei im Wald leben.«

Cordie legte den Kopf auf den Boden. Sie starrte durch das Geflecht der Zweige. Der Himmel präsentierte sich fahl und wolkenlos. »Und wenn ich mich euch anschließe, dann töten sie mich nicht?«

»Nicht, wenn sie dich mögen.«

»Muss ich ... dafür sorgen, dass sie mich mögen?«

»Genau.«

»Und dann töten sie mich nicht?«

»Und du wirst eine von uns. So bin ich dazugekommen. Bei vielen von uns war es so.«

»Ich muss also nur rauskommen und ... und mich von den Jungs vögeln lassen oder so? Das ist alles? Sie werden mich nicht umbringen, sie wollen mich nur ficken?«

»Ja. Das ist so ziemlich alles. Weißt du, danach bringen wir dich ins Dorf. Dort musst du noch ein bisschen Scheiße über dich ergehen lassen, aber das ist ein Klacks. Der alte Grar muss dir seinen Segen geben, so was in der Art. Nichts, worüber du dich sorgen müsstest. Komm.«

Cordie blieb reglos liegen, hatte zu viel Angst, um sich zu bewegen.

Gott, sie wollte nicht hinaus!

»Die Jungs dürften allmählich ungeduldig werden.«

»Okay«, sagte Cordie.

»Du zuerst.«

Cordie zwang sich dazu, sich zu bewegen. Sie drehte sich um und begann, auf dem Bauch zu robben, den Kopf gesenkt.

Was, wenn das Mädchen log?

Was, wenn sie vorhatten, sie zu töten?

Doch sie hatte keine Wahl.

Sie kroch weiter.

Dann sah Cordie sie. Es waren drei. Teenager. Sie kauerten nackt im Sonnenlicht unmittelbar vor den Büschen und glotzten sie an.

Verkrampft vor Angst erstarrte Cordie und schaute zurück zu Lilly.

»Weiter.«

Cordie schüttelte den Kopf.

»Mach schon.«

»Nein!«

Das Geräusch raschelnder Blätter ließ sie den Kopf herumreißen. Zwei der Jungen stürzten auf sie zu, schlugen das Geäst beiseite.

»Nein!«, kreischte sie.

Sie kreischte immer noch, als sie an den Armen gepackt und aus dem Dickicht geschleift wurde.

KAPITEL 20

»Warum kommen sie nicht?«, fragte Neala im Flüsterton, um Johnny nicht zu wecken.

»Du klingst fast so, als wolltest du es«, gab Sherri zurück.

»Wohl kaum.« Neala hatte sich angezogen und stand an der Tür, beobachtete in der Ferne die Krulls. Sie hatte bereits mehrmals versucht, sie zu zählen. Allerdings bewegten sie sich ständig – manche zogen sich in den Wald zurück, andere tauchten auf. Sie kam auf 20, 24, 19, 26. Die Krulls schienen nichts Besonderes zu tun, wanderten nur umher. Wegen der Kreuze und Köpfe konnte Neala sie nicht gut sehen.

»Es ist, als ob sie auf etwas warten«, meinte sie.

»Ja. Auf uns. Warum machst du nicht die Tür zu?«

»Wir müssen Wache halten.«

»Können wir«, erwiderte Sherri. Sie schloss und verriegelte die Tür. »Hier drüben.« Sie ging seitwärts durch die

Dunkelheit und hob eines der Rehfelle an, die an der vorderen Wand hingen. Sonnenlicht schien durch die Lücken zwischen den Holzstämmen.

So also hatte Sherri sie und Johnny beobachtet, dachte Neala. Zorn und Scham regten sich in ihr. Wie viel hatte Sherri gesehen? Alles? Hatte es sie aufgegeilt?

Gott, wie konnte sie nur so tief sinken? Ihre beste Freundin!

Sherri griff nach oben, riss das Fell von der Wand und warf es beiseite. »Besser«, murmelte sie.

Neala spähte durch eine Ritze. Sie konnte genau die Stelle sehen, wo sie mit Johnny gewesen war. Kurz schaute sie höher und zu den Krulls, die nach wie vor jenseits der Pflöcke umherwanderten, dann senkte sie den Blick wieder dorthin, wo sie mit Johnny geschlafen hatte.

»Warum hast du es getan?«, flüsterte sie.

»Spielt das eine Rolle?«

»Für mich schon.«

»Ich hab doch schon gesagt, dass es mir leidtut.«

»Ich weiß. Ich will auch nicht noch eine Entschuldigung. Ich will wissen, weshalb. Du bist meine Freundin, Sherri! Wie konntest du hier stehen und mir so nachspionieren?«

»Wir werden hier alle sterben. Das ist dir doch klar, oder?«

»Nein, ist es nicht.«

»Glaubst du, dein Johnny schwingt einen Zauberstab und – *zack* – schon sind wir wieder zu Hause?«

»Wohl kaum.«

»Diese Leute da draußen – diese Kreaturen – werden uns früher oder später kriegen. Und dann spielt es nicht die geringste Rolle, weshalb ich euch beobachtet habe, oder?«

»Es spielt jetzt für mich eine Rolle.«

»Wie du meinst«, gab Sherri zurück.

»Sag es mir.«

»Lass es einfach.«

»Kann ich nicht. Jedenfalls nicht, wenn wir Freundinnen bleiben wollen.«

»Scheiße.«

»Prima. Wenn das alles ist, was es dir bedeutet ...«

»Du hast keinen Schimmer, was es für mich bedeutet. Nicht den blassesten.«

Die Worte jagten Neala Angst ein.

»Ich liebe dich.«

Verdutzt starrte sie Sherri an. »Wie meinst du das?«

»Du weißt genau, wie ich es meine. Und als ich dich heute Morgen da draußen im Sonnenlicht stehen sah ... da konnte ich einfach nicht anders. Ich konnte nicht aufhören, dich zu beobachten.« Sie lachte verbittert. »Wahrscheinlich hast du gedacht, ich wäre geil auf Johnny, was? Überraschung, Überraschung.«

»Das kann ich nicht glauben.«

»Glaub's ruhig, Neala.«

»Aber diese Typen, über die du immer redest – Jack und Larry. Wesley ...«

»Ich bin bi.«

»Bi?«

»Ich stehe auf beiderlei Geschlecht.«

»Ich weiß, was das Wort bedeutet. Ich hätte nur nie ...« Neala schüttelte den Kopf. Sie fühlte sich angewidert und verängstigt.

»Ich hatte gehofft, du wärst vielleicht auch so. Weißt du, bei unserem Campingurlaub wollte ich es irgendwie herausfinden.«

»Was hattest du denn vor? Mich zu verführen?«

»Nur, wenn du ... Du musst mir glauben, ich hätte mich dir nie aufgezwungen. Ich *liebe* dich. Ich hätte nichts getan, das du nicht gewollt hättest.«

»Mann.«

»Tut mir leid.«

»All die Monate ...«

»Tut mir leid«, wiederholte Sherri. Sie trat von der Wand zurück. »Das wäre ein großartiger Zeitpunkt für einen Abgang, aber ich denke, ich verzichte darauf.«

Neala beobachtete, wie sie den Raum durchquerte und sich in eine Ecke legte, dann drehte sie sich wieder der Wand zu und spähte durch die Ritze.

Ich liebe dich.

Die Worte lagen ihr wie ein schwerer Stein im Magen. Sie fühlte sich verraten. Als wäre Sherris Freundschaft nur ein Trick gewesen. Keine richtige Freundschaft, sondern ein Spiel, das Sherri gespielt hatte, um ihr nahe zu sein. Um intime Momente zu ergattern – flüchtige Blicke auf ihren Körper, eine beiläufige Berührung, manchmal eine kurze, glückliche Umarmung.

Ihr Gesicht wurde heiß, als sie an ihr Wochenende in San Diego im vergangenen Monat zurückdachte. An das Motelzimmer nach dem Tag in SeaWorld. Sie hatte Sherri aus der Dusche zugerufen, weil sie ihr Shampoo vergessen hatte. Sherrie hatte einen Witz gerissen. »Wäre ich ein Kerl, würde ich reinsteigen und dir zur Hand gehen.« Es war also gar kein Witz gewesen. Vielmehr eine Andeutung.

Gott, was muss sie gebetet haben, dass ich sagen würde, sie soll hereinkommen.

Es musste eine wahre Folter für Sherri gewesen sein.

Das gesamte Wochenende. Ihr so nah zu sein und doch nie nah genug.

Neala erinnerte sich an weitere Begebenheiten von jenem Wochenende. Wie sie sich manchmal im selben Zimmer umgezogen hatten. Die Nacht, in der Sherri ihre eigene Brust untersucht, sie abgetastet und massiert hatte, während sie sich mit Neala unterhielt und sie aufforderte, dasselbe zu tun.

Hätte Sherri angeboten, Neala zu untersuchen, wäre Neala misstrauisch geworden, doch dafür war Sherri zu klug gewesen. Sie spielte das Spiel gerissen.

Zwar war sie nicht unbedingt subtil vorgegangen, aber sie hatte Neala wie ein geschickter Magier in die falsche Richtung schauen lassen.

»Sieh dir mal dieses Mörderteil an«, hatte sie gesagt und ein hauchdünnes, schwarzes Negligé aus ihrem Koffer gezogen. »Wesley hat es bei Frederick's gekauft. Einen so spitzen Kerl wie ihn hab ich überhaupt noch nie kennengelernt.« Dann ließ sie den Bademantel auf das Bett fallen und schlüpfte in das Negligé. »Hübsch, oder?«

»Was davon zu sehen ist.«

»Tja, das ist das einzige Nachthemd, das ich dabeihabe. Und ich habe es nur aus Achtung vor deiner Schamhaftigkeit eingepackt. Normalerweise schlafe ich nackt.«

»Lass dich von mir nicht aufhalten.«

Sherri hatte an jenem Wochenende eine Menge in nacktem Zustand getan. Neala hatte damals angenommen, sie mochte bloß das Gefühl der Freiheit und Natürlichkeit. Nun wirkte es ganz und gar nicht mehr so. Sherri hatte sich zur Schau gestellt und versucht, sie zu verlocken.

Tja, es war ihr nicht gelungen.

Sherri besaß einen tollen Körper mit üppigen, festen Rundungen, nahezu makellos. Einen Makel allerdings hatte er, zumindest für Neala.

Es war der Körper einer Frau, nicht der eines Mannes.

Dafür konnte sie sich einfach nicht erwärmen, und es musste für Sherri die Hölle gewesen sein. Sie musste das gesamte Wochenende als einzige Tortur empfunden haben. All die Zeit, die sie seit mittlerweile fast einem Jahr zusammen verbracht hatten, war für Sherri offensichtlich von Schmerz, quälendem Verlangen und Hoffnung erfüllt gewesen. Der ständigen, unerfüllten Hoffnung, dass Neala letztlich reagieren würde.

Gott, was für einem Elend sich Sherri freiwillig ausgesetzt hatte!

Neala blickte durch den dunklen Raum. Sie konnte Sherri in der Ecke erkennen, wo sie mit einem Arm über dem Gesicht auf dem Rücken lag.

Neala ging zu ihr.

Sie setzte sich neben sie.

»Bin ich mit der Wache dran?«, fragte Sherri.

»Nein.«

»Was machen die draußen?«

»Sie warten.«

»Wahrscheinlich wollen sie uns aushungern.«

»He, Sherri?«

»Ja?«

»Es tut mir leid.«

»Dir? Wieso?«

»Es tut mir leid, dass ich nicht sein kann, was du brauchst.«

»Ja. Mir auch.«

Neala fasste nach unten und ergriff die Hand ihrer Freundin.

KAPITEL 21

Sie zogen Cordie aus. Dann hielten zwei der Jungen sie am Boden fest, während ein anderer versuchte, sie zu besteigen. Sie wand sich und trat aus. Er schlug ihre Beine weg, zwängte sich dazwischen und umklammerte ihre Oberschenkel, um sie ruhig zu halten. Der Junge presste sich gegen sie. Seine Eichel berührte sie, verfehlte ihr Ziel, verfehlte es erneut, fand schließlich den Schlitz ihrer Scheide und stieß in sie. Cordie verkrampfte sich und presste die Augen zu.

»Sieh ihn an«, mahnte Lilly. »Sie mögen es nicht, wenn man die Augen zumacht.«

Cordie ließ sie geschlossen. Der Junge hämmerte mit schnellen, harten Stößen in sie.

»Das wird dir leidtun«, warnte Lilly. »Es ist eine Beleidigung, die Augen zu schließen. Willst du, dass sie dich umbringen?«

Cordie öffnete die Augen. Das Gesicht des Jungen

schwebte über ihr. Er beobachtete sie mit verengtem Blick. Seine blutigen, zurückgezogenen Lippen entblößten seine Zähne. Bei jedem Stoß grunzte er laut und blies ihr fauligen Atem ins Gesicht.

Sie wandte sich ab. Lilly hockte sich neben sie und den Jungen, der ihren rechten Arm auf den Boden drückte. Ein weiteres Mädchen, pummelig, aber mit kleinen Brüsten, stand hinter ihnen. Ihre Scham war rasiert. Während sie Cordie beobachtete, rieb sie mit dem knolligen Ende eines Knochens daran. Der Knochen sah glitschig und frisch aus. Das Ende verschwand in ihr. Cordie schaute rasch weg, zurück zum Gesicht des über ihr keuchenden Jungen, dann drehte sie den Kopf in die andere Richtung.

Der Junge, der ihren linken Arm festhielt, war jünger als die anderen. Er beobachtete sie mit lüsternen, wilden Augen. Hinter ihm stand ein zierliches Mädchen mit einem Stumpf, wo eigentlich ein Ellbogen sein sollte. Eine kleine, verdorrte Hand hing an einem Riemen um ihren Hals. Die braunen Finger waren gekrümmt, als wollten sie etwas umklammern.

Der Junge stieß heftiger, war kurz davor zu kommen.

Cordie starrte auf die verdorrte Hand des Mädchens. Sie versuchte angestrengt, sich darauf zu konzentrieren und herauszufinden, ob es eine linke oder rechte Hand war, um nicht an den Jungen zu denken, der auf ihr grunzte und schwitzte, ihre Scheide mit seinem dreckigen Schwanz beschmutzte, sie ...

Eine linke Hand.

Das Mädchen hatte den Stumpf am linken Arm.

Als ob ...

Das welke, grauenhafte Ding, das zwischen ihren Brüsten baumelte ... war das ihre *eigene* abgetrennte Hand?

Plötzlich stieß der Junge tief zu und verharrte angespannt,

den Kopf zurückgeworfen, den Mund weit aufgerissen. Sein Körper zuckte, als er in ihr pulsierte. Beim Gefühl des Samens, der sich in sie ergoss, wurde Cordie übel. Sie würgte.

Der Junge zog sich aus ihr zurück. Er stand auf, deutete auf sein Glied und sagte etwas in einer Sprache, die Cordie weder verstand noch erkannte. Dann trat er mit den Händen in den Hüften zurück.

Der Junge zu ihrer Rechten ließ ihren Arm los.

Cordie wimmerte.

»Das ist Bestandteil der Prüfung«, erklärte Lilly.

Als der Junge auf Cordie geklettert war und gerade in sie eindringen wollte, ballte sie die Hand zur Faust.

»Schlag ihn«, flüsterte Lilly, »und du bist tot.«

So lag sie nur unter ihm, den freien Arm angespannt, aber reglos an der Seite, während der Junge dem Höhepunkt zusteuerte.

Danach stand er auf. Auch er zeigte auf seinen triefenden Penis, sagte etwas und trat beiseite. Er stellte sich neben den ersten Jungen und verschränkte die Arme vor der Brust.

Derjenige zu ihrer Linken ließ ihren anderen Arm los. Cordie schaute zu Lilly, die in der Nähe kniete. Lillys Züge waren gerötet, und sie atmete schwer. Das Mädchen hinter ihr zuckte über dem Knochen, den es mittlerweile mit beiden Händen hielt. Das einarmige Mädchen stand reglos da, die nackte Haut glänzend vor Schweiß. Ihr eindringlicher Blick begegnete jenem Cordies.

Eifersüchtig!

Sie ist eifersüchtig, dachte Cordie. *Auf mich.*

Der Jüngste bestieg sie und schob sein Glied in sie. Es war kleiner als die der anderen. Sein Mund senkte sich auf eine ihrer Brüste. Er sog an ihrem Nippel, kaute daran. Cordie zuckte vor Schmerz zusammen und krallte die Hände ins

Gras. Dann schossen die Schmerzen durch ihren gesamten Körper. Sie packte das Haar des Jungen und riss seinen Kopf zurück.

Er knurrte wie ein tollwütiger Hund.

Cordie hörte ein jähes Lachen. Sie schaute zu dem einarmigen Mädchen und sah ein hämisches Lächeln in dessen Gesicht.

»Du hast es vermasselt«, erklärte Lilly.

Die Worte erfüllten Cordie mit plötzlicher, sengender Angst. Sie zog das Gesicht des Jungen zu sich herab und küsste ihn. Ihre Zunge drängte in seinen Mund. Sie streichelte seinen Rücken, umklammerte sein Gesäß, grub die Finger in seine weiche Haut, drückte ihn tiefer in sich. Der Junge stöhnte wohlig. Sie löste seinen Kopf von ihrem Gesicht und presste seinen Mund auf ihren Busen. Seine Zähne senkten sich darauf, kauten daran. Cordie schrie vor Schmerz, hörte jedoch nicht auf, sich gegen ihn zu drücken, seine Pobacken zu umklammern. Schließlich schob sie ihm einen Finger in den engen Anus. Er erschauerte zuckend, stöhnte und keuchte, als er kam.

Als er von ihr stieg, wirkte er erschöpft und zufrieden. Er deutete auf sein Glied, sprach ein paar Worte und gesellte sich zu den beiden anderen Jungen.

Cordie stemmte sich hoch.

Die drei Jungen setzten sich in Bewegung. Sie nickten und zeigten auf sie.

Plötzlich schrie das einarmige Mädchen auf. Sie riss ihr Messer aus ihrem Hautgürtel und schleuderte es auf den Boden. Dann spie sie fremdartige Worte hervor.

Die Jungen nickten.

»Pech gehabt«, meinte Lilly.

»Was ist?«

»Kigit sagt, du bist Scheiße. Sie will nicht, dass sie dich

in unsere Gemeinschaft lassen. Sie sagt, du bist schwach und feige. Sie will gegen dich kämpfen.«

»Gegen mich *kämpfen?*«

»Ja. Und sie bekommt ihren Willen. Sie ist *Gurlaw*, eine der Verehrten.«

»Was?«

»Sie hat während der letzten Hungersnot einen Arm geopfert.«

»Geopfert?«

Lilly nickte. »Das ist ihre eigene Hand, die sie um den Hals trägt. Eine sehr große Ehre. Muss höllisch wehgetan haben. Mich könnte dazu keiner überreden, darauf kannst du wetten.«

»O großer Gott!«

Die Jungen nickten erneut, stimmten Kigit zu. Die wandte sich von ihnen ab und kam auf Cordie zu.

»Steh besser auf.«

»Ich muss gegen sie kämpfen?«

»Du solltest es auf jeden Fall versuchen.«

Cordie rappelte sich auf die Beine, als sich das Mädchen näherte. Ihre Beine fühlten sich unsagbar müde und schwach an. Ihr Unterleib schmerzte von den Vergewaltigungen. Feuchtigkeit tropfte aus ihrer Scheide und kroch wie Sirup ihre Schenkel hinab.

Sie wich vor Kigit zurück, bewegte sich an dem Dickicht vorbei und überlegte, ob sie es wagen sollte, sich umzudrehen und wegzurennen.

Kigit lächelte verschlagen und deutete hinter Cordie.

Cordie sah nicht hin. Sie lief weiter rückwärts, bis ihr nackter Fuß auf etwas Nassem ausrutschte. Mit einem flinken Schritt versuchte sie, das Gleichgewicht zu halten, stolperte jedoch über ein Hindernis.

Sie fiel auf den Rücken. Rasch setzte sie sich auf und

stellte fest, dass sie sich inmitten abgetrennter menschlicher Gliedmaßen befand. Sie lagen rings um sie verstreut – Beine, Arme, zwei verstümmelte Rümpfe. Da wurde ihr klar, dass die Kinder gegessen hatten, bevor sie auf sie stießen.

Kigit hob einen losen Fleischbrocken auf und bewarf Cordie damit.

Cordie kreischte, als er auf ihrem Bauch landete. Sie rollte sich herum. Das Ding glitt von ihr, und sie kämpfte sich auf die Beine.

Kigit ergriff einen abgetrennten Arm. Sie hielt ihn an ihren Stumpf und schwenkte ihn wie eine Parodie ihres eigenen, fehlenden Arms.

Cordie drehte sich um und rannte los. Hinter ihr hörte sie Kigit, die aufholte. Cordie preschte zur Seite und sprang über einen umgestürzten Baumstamm. Sie huschte durch Büsche, die ihre Haut peitschten. Trotzdem holte Kigit weiter auf.

Wo steckten die anderen? Die Jungen? Wenn es nur um dieses Mädchen ging, dieses einarmige Mädchen ...

Cordie stürzte vorwärts, als Kigit sie von hinten stieß. Sie landete hart mit dem Gesicht voraus. Zweige und Dornen rissen ihre Haut auf. Als sie sich aufrappeln wollte, sprang Kigit auf ihren Rücken. Das Gewicht presste sie zu Boden. Kigits Arm schloss sich um ihren Hals, schnitt ihr die Luft ab. Mit beiden Händen löste Cordie den Arm.

Die beiden rollten sich herum, doch Kigit behielt die Oberhand. Sie kam rittlings auf Cordies Brust zu sitzen und landete zwischen ihren hochgerissenen Armen hindurch einen Treffer. Dieser erste Schlag fühlte sich wie ein Hammer an, der in Cordies Nase krachte. Ihre Arme sackten herab. Sofort drückten Kigits Knie sie zu Boden. Dann hagelte ein Hieb nach dem anderen auf Cordies Gesicht ein. Schließlich endeten die Schläge.

Wenngleich Cordie die Augen offen hatte, war sie zu benommen, um sich zu wehren. Sie beobachtete das Mädchen auf ihr, das sie angrinste und sich vorbeugte, sodass die verdorrte Hand über ihrem Gesicht baumelte. Die Hand senkte sich weiter. Die welken Finger strichen über Cordies Stirn.

Die Berührung der klauengleichen Hand ließ sie wimmern. Sie spürte, wie die Fingernägel über ihre Wange kratzten. Kigit benutzte ihre heile Hand, um die abgetrennte zu Cordies Mund zu führen. Die Finger hakten sich in die Spalte zwischen ihren Lippen. Cordie presste sie fest zusammen. Die Finger drückten, bohrten sich zwischen ihre Lippen, rissen sie auf. Sie schmeckte Blut und spürte die Nägel an ihren Zähnen.

Lilly kniete neben ihr, und plötzlich wurde ihr bewusst, dass die anderen zu ihnen aufgeschlossen hatten. Sie standen in einem engen Kreis um sie und beobachteten das Geschehen schweigend.

Plötzlich holte Kigit mit der toten Hand aus und zielte damit auf Cordies rechtes Auge. Cordie riss den Kopf zur Seite. Die Finger schabten seitlich über ihr Gesicht. Verzweifelt wand sie sich, und es gelang ihr, einen Arm unter dem Knie des Mädchens hervorzuziehen. Sie packte eine Brust ihrer Gegnerin und quetschte sie. Kigit schrie auf und fiel zur Seite, als Cordie an ihrem Busen zerrte. Cordie ließ nicht los. Sie kletterte auf das sich windende Mädchen, dessen Hand auf ihren Arm schlug und versuchte, die gefolterte Brust zu befreien. Cordie drehte sich herum und stemmte einen Ellbogen gegen Kigits Kehle, legte ihr gesamtes Gewicht dahinter. Ein Knirschen ertönte, und ihr Ellbogen sank tiefer. Das Mädchen bäumte sich auf, die Augen quollen hervor, der Mund öffnete sich, der Arm fuchtelte wild. Cordie wehrte ihn mühelos ab. Sie kroch von dem zuckenden Körper und rappelte sich auf die Knie.

Alle sahen zu, wie Kigit starb.

Dann ergriff der Junge das Wort, der Cordie als Erster vergewaltigt hatte.

Sie wandte sich Lilly zu, hoffte auf eine Erklärung.

»Er sagt, du bist in Ordnung, aber du musst Kigit auflesen und mitnehmen.«

Cordie kroch zu der Leiche. Sie riss den Riemen vom Hals und hielt ihn hoch. Die abgetrennte Hand baumelte daran, und Cordie schleuderte sie ins Gebüsch.

Das pummelige Mädchen rannte dahinter her und kam mit der Hand aus den Büschen hervor. Sie schnupperte daran, dann ließ sie ihren Knochen fallen und befestigte die Hand so an ihrem Messergurt, dass sie zwischen ihren Beinen hing. Als sie begann, sich mit den gekrümmten Fingern zu berühren, drehte sich Cordie den Jungen zu.

»Mach schon«, forderte Lilly sie auf.

Cordie ergriff den Arm des toten Mädchens und hievte die Leiche in eine sitzende Position. Der Gestank von Fäkalien stieg ihr in die Nase. Sie hielt den Atem an und schob sich hinter Kigits Rücken. Ihre Arme fassten unter den Achselhöhlen hindurch um die Brust. Unter dem Busen verhakte sie die Finger ineinander und begann zu heben. Der Leichnam fühlte sich bleischwer an.

»Soll ich dir helfen?«, fragte Lilly.

Cordie nickte.

»Dann bekomme ich den Kopf.«

»Was?«

»Du hast sie getötet, deshalb darfst du dir als Erste einen Teil aussuchen. Du nimmst den Kopf. Das macht jeder, weil das Hirn das beste Stück ist. Du entscheidest dich für den Kopf und gibst ihn mir.«

»In Ordnung«, murmelte Cordie.

»Abgemacht?«

»Ja.«

»Gut. Versuch nicht, sie hochzuheben. Das ist zu schwer. Wir nehmen beide je ein Bein und ziehen sie einfach.«

Cordie nickte. Sie stand auf und wischte sich die zerzausten Haare aus dem Gesicht. Dabei berührten ihre Finger eine Wange. Sie sah sie an. An den Kuppen glänzte Blut. Ihr Gesicht fühlte sich taub und geschwollen an, aber ihr war nicht bewusst gewesen, dass es auch blutete. Als sie an sich hinabschaute, stellte sie fest, dass ein Großteil ihres Körpers mit Kratzern, Blutergüssen und Blut übersät war.

»Wie ich aussehe«, murmelte sie. »*Großer Gott,* wie ich aussehe!«

»Dann schau mal, wie *sie* aussieht«, sagte Lilly und nickte in Richtung der Leiche. »Komm.« Sie ergriff Kigits rechten Fuß.

Die Jungen gingen los und entfernten sich. Das pummelige Mädchen folgte ihnen. Ihre orangenhäutigen Pobacken wackelten beim Gehen.

Cordie packte den linken Fuß. Lilly und sie stemmten sich vorwärts, und die Leiche setzte sich in Bewegung. Sie marschierten los und schleiften Kigit hinter sich her.

Die Jungen liefen zu dem Dickicht voraus und hoben einige Leichenteile auf.

Cordie senkte den Blick, wollte die Arme und Beine nicht sehen, die sie trugen.

Gott, wie konnte das alles sein?

Haben sie dasselbe mit Mom und Dad gemacht?

Vielleicht lebt Mom ja noch. Vielleicht wurde sie vergewaltigt und durfte sich ihnen anschließen, so wie ich, und wir können zusammen fliehen. Aber zuerst müssten wir Dad finden. Falls er noch lebt.

Falls er noch lebt. Aber wie könnte er?

Möglich ist es, dachte sie.

Alles ist möglich. Hier ergibt nichts einen Sinn, also ist alles möglich, sogar, dass Dad mit der Nationalgarde anmarschiert und all diese Scheißkerle abschlachtet.

Die Leiche verhedderte sich an etwas.

Ohne hinzusehen, zerrte Cordie kräftig daran. Kigits Körper löste sich von dem Hindernis.

»Wie weit ist es zum Dorf?«, fragte sie Lilly.

»Ein Stück.«

KAPITEL 22

Lander Dills kauerte auf einem Baum, wo er die letzten Stunden unruhig geschlafen hatte. Er öffnete die Augen. Tageslicht hatte den Wald geflutet.

Vorsichtig rückte er vom Stamm weg, hielt sich an einem höheren Ast fest und urinierte in die Luft. Sein Strahl glitzerte im Sonnenlicht silbrig.

Der Anblick brachte ihn zum Lachen, doch dann musste er an Ruth denken und das Gelächter erstarb in seiner Kehle.

Keine Ruth.

Verloren.

O verloren und vom Winde betrauert.

Wolfe. Thomas Wolfe.

Nach Hause kannst du nicht zurück. Du hast kein Zuhause mehr. Keine Ruth, keine Cordelia.

Nur noch ich bin übrig.

In mir ist ein Wolf.

Er löste das Beil aus dem Ast, in den er es geschlagen hatte, und ließ es zu Boden fallen. Dann kletterte er vom Baum und achtete darauf, sich nicht an der rauen Rinde aufzuschürfen.

Unten angekommen, streckte er sich. Sein Körper schmerzte, als hätte sich jeder Muskel in Stein verwandelt. Blaue Flecken übersäten seine Arme und Beine. Dutzende Kratzer bedeckten seine Haut. Überall stieß er auf kleine Erhebungen, wahrscheinlich Insektenstiche. Sein gesamter Körper juckte. Behutsam kratzte er einen Mückenstich seitlich an seinem Penis.

Er brauchte ein Bad. Im Bach.

Nach wenigen Minuten flotten Marsches erreichte er das Wasser. Er legte sein Beil beiseite und stieg hinein. Das kühle Nass fühlte sich gut auf seiner gereizten Haut an. Das Jucken hörte auf. In der Mitte des Bachs richtete er sich auf. Er schälte sich aus der Weste, drehte sie herum und betrachtete sie im morgendlichen Sonnenlicht.

Die Haut war dunkel und glatt, die Tätowierung verblüffend.

»Verblüffend«, sagte Lander.

Die nackte Frau der Tätowierung stand mit weit gespreizten Beinen da. Ihr rotes Schamhaar wies die Form eines Valentinsherzens auf. Die üppigen Brüste besaßen rote Nippel. Ihre aus dem Mund ragende Zunge war gespalten wie die einer Schlange, und auf ihrem Kopf wanden sich Nattern.

Medusa!

Auf jeder Handfläche hielt sie einen dunklen Nippel des Mannes, der sie auf der Brust getragen hatte.

Und es nun nicht mehr tat.

Nun, auf der Brust hatte er sie streng genommen noch immer.

»Allerdings habe ich jetzt die Weste«, murmelte Lander. Er zog sie an. Die klamme Berührung auf dem Rücken ließ ihn schaudern.

Plötzlich hörte er eine Stimme. Entfernt zwar, trotzdem zu nah für seinen Geschmack. Aus der Richtung seines Baums. Reglos stand er da und lauschte. Das Gurgeln des Bachs war laut, überlagerte alles bis auf besonders auffällige Geräusche. Gut, dass jemand gesprochen hatte.

Gesegnet sei, wer da spricht, denn er wird Lander warnen.

Sein Blick wanderte das Ufer entlang, doch er sah niemanden.

Er schaute stromabwärts. Etwa 20 Meter entfernt kam eine Biegung. Wenn er es bis dorthin schaffte, wäre er außer Sicht.

Allerdings könnte er umgekehrt nicht sehen, wer sich in der Nähe befand.

Lander wollte denjenigen sehen. Oder diejenigen.

Freiwild.

Leise schwamm er ein Stück mit der Strömung. Auf halbem Weg zur Biegung bahnte er sich den Weg zum Ufer. Die Böschung an der Stelle war hoch und steil. Dicke Wurzeln eines nahen Baums ragten aus der Erde und ins Wasser. Lander zwängte sich dazwischen und hockte sich hin, sodass nur sein Kopf über der Wasseroberfläche blieb.

Gleich darauf hörte er ein Platschen. Er schaute durch das Wurzelgeflecht flussaufwärts. Wo er noch vor einer Minute gestanden hatte, schwamm ein Mädchen durch das Wasser.

Allem Anschein nach ein pummeliges junges Ding. Sie schwamm noch ein Stück, dann watete sie hinaus. Die Haut glänzte, der Hintern waberte. Am anderen Ufer drehte sie sich um. Tatsächlich ein Fettklops. Mit winzigen, glänzenden Brüsten. Und einer Reservehand, die über ihre unbehaarte Scheide hing.

Als sich die Dicke hinsetzte und die Beine übereinanderschlug, geriet die Hand außer Sicht.

Sie rief etwas, benutzte dabei Lander unbekannte Worte.

Männliche Stimmen riefen etwas zurück.

Dann erblickte Lander im Bach drei Jungen, die Arme und Beine trugen. Allesamt Teenager. Im tiefen Abschnitt schwammen sie unbeholfen mit ihrer Last. Als sie an Land gingen, zählte Lander die abgetrennten Gliedmaßen. Vier Arme, aber nur drei Beine.

Vielleicht hatten sie einen Einbeinigen gefangen.

Oder sie hatten das fehlende Bein bereits gefressen.

Keine Köpfe.

Wie sollte er unterscheiden, was zu wem gehörte?

Auch keine Rümpfe.

Eindringlich starrte er auf die Beine. Sie sahen wie Jungenbeine aus, oder? Eines davon auf jeden Fall. Es war größer als die beiden anderen, zudem behaart.

Musste einem großen Burschen wie Ben gehört haben.

Sein Blick wanderte zu den anderen Beinen. Sie waren kleiner, dünner, wirkten fast feminin.

Ah, aber die Haut war zu dunkel.

Viel zu dunkel. Nicht die Beine seiner hellhäutigen Cordelia.

Das pummelige Mädchen sagte etwas. Sie hob einen Arm und deutete in Landers Richtung.

Die Jungen drehten sich um. Alle starrten ihn direkt an. Einer zog ein Messer von seinem Gürtel.

Ohne den Blick von der Gruppe zu lösen, kämpfte sich Lander mit rasendem Herzen durch die Wurzeln und bewegte sich auf die Mitte des Bachs zu.

Ein Junge rief ihm etwas hinterher.

Lander hob beide Arme mit geballten Fäusten über den Kopf und brüllte.

»Schnappt ihn euch!«, rief eine Stimme von hinten.

Lander wirbelte herum, erhaschte einen flüchtigen Blick auf zwei verwilderte Mädchen und tauchte unter.

Er schwamm unter Wasser. Sein Herz donnerte. Seine Lungen begannen zu brennen. Er erreichte den Grund des Bachs und zog sich vorwärts, indem er an den glitschigen Steinen Halt suchte. Als er glaubte, seine Lungen würden jeden Moment bersten, tauchte er auf. Sein Kopf brach durch die Oberfläche. Er wirbelte herum und schaute zurück.

Niemand zu sehen.

Er hatte die Biegung passiert.

Aber sie würden ihn wahrscheinlich verfolgen.

Lander hastete an Land, kletterte auf seiner Seite des Bachs die Böschung hinauf und rannte los. Er wich Bäumen aus, preschte durch Büsche hindurch, stürzte in eine Rinne und kroch deren Boden entlang, bis er zu einem abgestorbenen Baum gelangte, der quer darübergefallen war. Lander schob sich unter den alten, rindenlosen Stamm.

Er starrte auf das gräuliche Holz, das sich weniger als fünf Zentimeter über seinem Gesicht befand. Jedes Mal, wenn er Luft in seine schmerzenden Lungen sog, spürte er, wie seine Brust gegen den Stamm drückte.

Hier finden sie mich nie, dachte er.

Der gerissene Fuchs ist untergetaucht.

Die Zeit verging und er hörte keine Verfolger. In dieser Hinsicht hatte er anscheinend nichts zu befürchten.

Dennoch fühlte sich Lander unbehaglich. Im Bach hatte er etwas gesehen – etwas ungemein Wichtiges. Nur wusste er nicht, was.

Eine hässliche gelbe Spinne krabbelte unmittelbar über seinem Gesicht über den Baumstamm. Er beobachtete sie und hoffte, sie würde sich nicht fallen lassen. Als sie sich außer Sichtweite befand, versuchte er, sich zu konzentrieren.

Was hatte er beim Bach gesehen?

Mädchen, Jungen und Leichenteile.

Arme und Beine.

Beine.

Die Mädchen hatten lange, zierliche Beine gehabt. Nicht die Pummelige – ihre waren kurz und dick gewesen. Die beiden anderen, die später aufgetaucht waren. Die zwei, von denen er nur einen flüchtigen Blick erhascht hatte.

Plötzlich erinnerte er sich, dass eine davon verständlich gesprochen hatte.

»Schnappt ihn euch!«

War es das, was ihn beunruhigte? Dass sie nicht dieses Kauderwelsch benutzt hatte?

Nein, es lag an ihren Beinen.

Oder an denen des anderen Mädchens.

Beine.

Lander versuchte, sich die Mädchen ins Gedächtnis zu rufen. Beide nackt und verdreckt. Blutig. Eines größer als das andere.

Hübsche Titten.

Schamhaar wie eine Pfeilspitze, die abwärts zu dunklen Geheimnissen zeigte.

Ach, was hätte er die beiden gern gefickt, diese Titten geknetet, in ihre verborgenen Spalten gestoßen.

Die Eichel seines anschwellenden Glieds stieß gegen das Holz über ihm.

Er vergaß das Unbehagen, das er zu ergründen versucht hatte. Ein neues Unbehagen hatte ihn beschlichen, ein Verlangen, das zu heilen nicht schwierig wäre.

Er brauchte nur eine Frau dafür.

Ein Mädchen.

Lander schob sich unter dem Baumstamm hervor und stand auf. Er atmete tief durch.

Die vormittägliche Luft roch wie Parfüm. Das Parfüm einer bezaubernden Frau.

Vergangene Nacht hätte er sich eine nehmen können. Viele sogar. Es wäre so einfach gewesen, als er sie in der Dunkelheit verfolgt hatte. Wenn er nur nicht so befangen gewesen wäre ...

»Du kleine Maus, du graue Maus«, murmelte er.

Er blickte auf seine Erektion hinab und kicherte.

Gar nicht mehr so klein.

Und auch nicht mehr befangen.

KAPITEL 23

»Warum haben sie ihn nicht verfolgt?«, fragte Cordie.

»Weil sie Trottel sind«, antwortete Lilly. »Sie sind zu faul. Oder bloß feige. Solche *Thaks* können gefährlich sein, aber sie sind die Mühe wert. Man darf die ganze Leiche behalten und muss nicht teilen. Das ist wie eine Belohnung – ein Kopfgeld, verstehst du?«

»Was ist ein *Thak?*«

»So etwas wie ein Ausgestoßener. Wenn du Mist baust, wirst du aus dem Dorf verbannt. Dann bist du Freiwild. Die Wälder sind voll von *Thaks*.«

»Woher weißt du, dass der Mann einer war?«, hakte Cordie nach. Sie unterbrach das Schleppen der Leiche, um sich Schweiß aus den Augen zu wischen.

»Das merkt man«, erklärte Lilly. »Zum einen benehmen sie sich verrückt.«

Er hatte sich wirklich verrückt benommen. So zu brüllen.

Und Cordie nicht zu erkennen. Andererseits war es eigentlich kein Wunder, so, wie sie aussah. Außerdem hatte er sie nur den Bruchteil einer Sekunde angeschaut.

Cordie war knapp davor gewesen, ihm zuzurufen. Im letzten Moment hatte sie sich zurückgehalten. Er hätte versucht, sie zu retten. Und die anderen hätten ihn mit Sicherheit getötet.

»Außerdem merkt man es daran, dass sie Fremde sind«, fuhr Lilly fort. »Wenn du hier in der Gegend einen Fremden siehst, kannst du davon ausgehen, dass es ein *Thak* ist. Vor denen solltest du dich hüten. Meine beste Freundin wurde von einem getötet. Die Scheiße, die er ihr angetan hat ...«

Cordie fragte sich, was ein Mädchen wie Lilly noch schockieren konnte. Doch sie erkundigte sich nicht danach. Sie wollte es gar nicht wissen.

»Einer kam erst vergangene Nacht ins Dorf. Hat ein halbes Dutzend von uns umgebracht. Diese *Thaks* sind übel. Echt übel. Die meisten von uns gehen nie allein irgendwohin, falls wir einem über den Weg laufen.«

Sie schleiften Kigit weiter. Die Leiche wirkte schwerer als zuvor. »Wie weit ist es noch bis zu diesem Dorf?«

»Wir sind fast da.«

»Gott sei Dank.« Cordie mühte sich weiter. Im Wald herrschten Hitze und Stille vor. Keine Brise rührte sich.

Schweiß kullerte ihr über die Haut. Kigits Knöchel wurde in ihren nassen Händen schlüpfrig, und sie verlor mehrmals den Halt.

»Können wir uns nicht kurz ausruhen?«, fragte sie.

»Wir sind in einer Minute da.«

»Ich habe letzte Nacht einen *Thak* gesehen. Wenn wir uns ein wenig ausruhen, erzähle ich dir davon.«

»Na gut. Aber mach schnell.«

Cordie ließ das Bein fallen. Mit verschwitzten Händen

wischte sie sich nasse Haarsträhnen aus dem Gesicht. Alles an ihr triefte. Sie wünschte, sie hätte ein Handtuch.

»Du hast also einen *Thak* gesehen?«

Cordie nickte. »Ja. Er hat einen Jungen getötet. Und ...« Sie konnte sich nicht dazu überwinden, Bens Namen auszusprechen. »Und meinen Freund.«

»Du meinst *sie?*« Lilly nickte zu den Jungen, die mit ihrer Last aus Armen und Beinen ein Stück vorausgingen.

»Das ...«

»Das sind sie. Was hast du denn gedacht?«

»Ich schätze, irgendwie wusste ich es wohl«, gestand Cordie.

»Gehen wir weiter«, schlug Lilly vor.

Sie hoben die Beine an und setzten sich in Bewegung.

»Das war kein *Thak,* den du gesehen hast.«

»Was?«

»Den beiden wurden die Köpfe abgerissen. Das war kein *Thak*. Wie hat er ausgesehen?«

»Er war riesig«, beschrieb Cordie. »Ich weiß nicht genau, vermutlich über zwei Meter. Mehr konnte ich nicht erkennen. Es war dunkel und ich habe ihn nur eine Sekunde lang gesehen. Aber ich konnte ihn hören. Mein Gott, er hatte eine Stimme wie ... Sie war schrecklich.«

»Er hat *›Krull‹* gebrüllt, stimmt's?«

»Ja.« Cordie blinzelte sich Schweiß von den Wimpern. »Wer war er?«

»Der Teufel.«

Im Dorf wurde Cordie ohne Umschweife in eine Hütte geführt. »Bleib hier«, forderte Lilly sie auf. »Grar muss dich sehen.«

Dann war sie allein. Sie saß mit untergeschlagenen Beinen in der Mitte der Hütte. Durch das Blätterdach fiel

Sonnenlicht unregelmäßig auf den Boden. Cordie seufzte. Es fühlte sich gut an, die Leiche los zu sein. Aber später ...

Sie wollte nicht über später nachdenken.

Zumindest vorläufig schien sie nicht in Gefahr zu schweben.

Sie hatten sie akzeptiert.

Die Jungen hatten sie wundgefickt. Kigit hatte versucht, sie zu töten. Doch bisher hatte sie alles richtig gemacht. Sie gehörte fast zu ihnen.

Mit beiden Händen wischte sie sich den tropfenden Schweiß aus dem Gesicht, von den Schultern und von den Brüsten.

Sie wäre gern zu jenem Bach zurückgekehrt.

Und zu Dad.

Das Fell über dem Eingang der Hütte wurde zurückgeschlagen, und eine Kreatur schwang sich auf behaarten Armen herein. Cordie zuckte zusammen. Sie umklammerte ihre Oberschenkel, bohrte die Fingernägel in die feuchte Haut, kämpfte gegen den Drang an, zu fliehen oder zu schreien.

Sie erkannte, dass es sich bei der Kreatur um einen Mann handelte. Einen grauenhaft entstellten, aufgedunsenen Mann ohne Beine. Sein Mund verzog sich zum Abklatsch eines Grinsens.

»Grar?«

Das Monster schwang sich näher.

Cordie bohrte die Finger fester in die Oberschenkel. Die Nägel durchdrangen die Haut.

Zentimeter von ihren Knien entfernt hielt er inne. Sein Blick wanderte über ihren Körper.

Nein!

Nicht *er!*

Als sie seine verklebten Augen betrachtete, wurde ihr klar,

dass sie lieber sterben, als sich von ihm nehmen lassen wollte.

Sie verschränkte die Arme vor den Brüsten.

Die Kreatur knurrte.

»Nein«, flüsterte sie.

KAPITEL 24

Robbins erwachte und fand Neala schlafend neben sich auf dem Fellbett vor. Er hob den Kopf. Sherri stand an der vorderen Wand und hielt Wache.

Behutsam entfernte er Nealas Hand von seinem Bauch und stand auf. Er ging zu Sherri. »Was machen sie?«, erkundigte er sich.

»Stehen bloß rum.«

Er spähte hinaus. »Worauf um alles in der Welt warten die?«

»Vielleicht wollen sie uns aushungern. Ist besser, als sich von uns die Köpfe wegschießen zu lassen.«

»Ja.« Er trat von der Wand zurück und zog sein T-Shirt hoch, um sich den Schweiß vom Gesicht zu wischen. Dann ergriff er sein Gewehr. Er ging zur Tür und öffnete sie. Die von draußen hereinströmende Luft sorgte für keine Abkühlung; sie fühlte sich eher noch wärmer an als im Inneren.

»Ich persönlich glaube ja, dass wir verdursten, bevor wir verhungern«, sagte Sherri.

»Wir werden weder verdursten noch verhungern.«

»Was hast du vor? Kollektiven Selbstmord?«

»Ich habe vor, uns hier rauszuschaffen.«

»Na, viel Glück.«

Robbins trat hinaus ins Sonnenlicht. Er kniff die Augen zusammen und spähte durch die schiefen Kreuze und aufgespießten Köpfe.

Es mussten etwa zwei Dutzend Krulls sein. Und sie taten nicht das Geringste. *Hängen nur rum, wie bei einem Picknick.*

Picknick.

Robbins lachte freudlos.

Ein paar der Krulls wurden lebhaft, als sie ihn bemerkten. Einige zeigten in seine Richtung. Ein junger Bursche rannte vor, hielt am Rand der Kreuze an und schleuderte einen Speer. Robbins beobachtete, wie der Schaft aufstieg, wusste jedoch, dass er nicht weit genug fliegen würde. Was sich bestätigte. Im Fallen riss der Speer einem aufgespießten Kopf das halbe Gesicht weg. Der Schädel wirbelte herum, das schwarze Haar wehte hinterher.

Zornige Stimmen zerbrachen die Stille.

Zwei Krulls griffen den Jungen an. Sie stießen ihn zu Boden, stapften auf ihn, traten auf ihn ein.

Weil er den Speer auf ein unmögliches Ziel geworfen hatte?

Oder weil er einen der Köpfe beschädigt hatte?

Vielleicht ist das hier heiliges Gelände, dachte Robbins. Das würde erklären, weshalb die Krulls es nicht betraten.

Er ging die Vorderseite der Hütte entlang zur Ecke. Auf dieser Seite befanden sich weitere Krulls. Robbins zählte nur acht. Allerdings konnten sie von denen vorne Verstärkung bekommen.

Er ging weiter nach hinten. Dort sah er noch mehr. 13 oder 14 wanderten müßig jenseits des Felds der Kreuze umher.

Ein Geräusch hinter ihm ließ ihn zusammenzucken. Jäh wirbelte er herum. Die Mündung seines Gewehrs schwebte nur Zentimeter vor Nealas Bauch.

Einen Moment lang wirkte sie zu Tode verängstigt. Dann trat ein Lächeln in ihre Züge. »Nicht schießen«, bat sie.

»Käme mir nie in den Sinn. Wieso bist du auf?«

Sie zuckte mit den Schultern. »Da drin ist es zu heiß.«

»Hier draußen ist es noch heißer.«

»Aber hier bist du. Was machst du?«

»Ich suche nach einem Ausweg.«

»Schon Glück gehabt?«

»Noch nicht.«

Sie blickte mit zusammengekniffenen Augen über das Feld. Nasse Haare klebten an ihrer Stirn. Ihr Gesicht war verschwitzt. In den winzigen, feuchten Flecken unter ihren Augen glitzerte das Sonnenlicht. Ein Tropfen rann auf ihren Mundwinkel zu. Sie leckte ihn weg, dann trocknete sie sich das Gesicht mit der Vorderseite ihrer Bluse, die sie anschließend offen hängen ließ.

»Warum kommen sie nicht?«, fragte sie.

»Ich bin nicht sicher. Ich denke, wir könnten uns auf heiligem Gebiet oder so befinden. Sie bleiben immer am Rand der Kreuze stehen.«

»Das hätte ich auch getan, wenn ich die Wahl gehabt hätte.«

»Bei ihnen ist es mehr als Ekel. Es muss so sein. Die Krulls reißen Menschen Gliedmaßen aus, ohne mit der Wimper zu zucken. Es muss einen verdammt guten Grund geben, weshalb sie draußen bleiben.«

»Zum Beispiel, wenn das ihre Ahnen wären?«

»Ja.«

»Das wäre schön für uns.«

»Ja, nur ...«

Neala nickte. Sie lehnte sich an die Wand und steckte die Daumen in die Taschen ihrer Kordhose. Ihr Hals, ihre Brust und ihr Bauch glänzten vor Schweiß.

»Was machen wir?«, fragte sie.

»Jedenfalls können wir nicht ewig hierbleiben.«

»Versuchen wir auszubrechen?«

»Ich schätze, das werden wir wohl müssen. Wir warten, bis es dunkel geworden ist, dann schleichen wir uns raus. In diese Richtung, würde ich sagen. Dort hinten stehen die Kreuze nicht ganz so dicht beisammen. Wenn es uns gelingt, durchzukriechen, ohne eines umzuwerfen ...«

»Alles klar bei euch?«, ertönte Sherris Stimme.

Neala zog rasch ihre Bluse zusammen und steckte sie vorne in die Hose. »Ja«, rief sie zurück.

Sherri kam um die Ecke. »Was geht ab?«

»Wir«, gab Neala zurück.

»Vielleicht warten sie genau darauf.«

»Wir planen gerade, heute Nacht von hier zu verschwinden.«

»Und wie wollen wir das anstellen?«

Robbins erklärte es ihr. Während er redete, bemerkte er, dass Sherri zu den Köpfen schaute. Sie starrte sie an, schien tief in düstere Gedanken versunken zu sein. »Mir ist klar, dass es nicht einfach wird«, sagte er. »Ich will auch nicht da raus. Aber wir können nicht einfach hierbleiben.«

»Ich denke, ich tu's trotzdem«, erwiderte Sherri. Sie versuchte zu lachen. Es klang eher wie ein Schluchzen.

»So schlimm wird es nicht werden«, meldete sich Neala zu Wort.

»Es wird beschissen grauenhaft werden«, widersprach Sherri. »Trotzdem besser als hier rumzuhocken.«

»Wir brechen auf, sobald es dunkel ist«, sagte Robbins.

Sherri nickte. »Dann können wir uns ja noch auf den ganzen Tag freuen.«

KAPITEL 25

Ein Mann betrat die Hütte. Ein alter, schlanker Mann. Er sprach etwas, und die Kreatur huschte von Cordie weg.

»Ich bin Grar«, stellte er sich vor. »Unser Gefährte hier heißt Heth. Wie ist dein Name?«

»Cordic.«

Der Mann näherte sich auf Händen und Knien; zum Stehen war die Hütte zu niedrig. Er trug einen Schurz aus Haaren, die auf den Boden hingen, als er kroch. Der Schurz bestand aus verschiedensten Farben: braun, rot, blond und rabenschwarz.

Er setzte sich vor Cordie und überkreuzte die Beine.

»Du bist eine derjenigen, die gestern Nacht von den Bäumen geflüchtet sind.«

»Ja.«

»Ich habe gehört, dass du eine von uns werden möchtest.«

»Ja.«

»Warum?«

Handelte es sich um eine Fangfrage? Cordie konnte keine Böswilligkeit in Grars Augen erkennen. »Damit ich nicht getötet werde«, antwortete sie.

»Sich uns anzuschließen, ist keine Gewähr dafür. Wir haben viele Feinde.«

Sie nickte.

»Entsetzt dich unsere Lebensweise?«

»Ich weiß es nicht.«

»Wir leben abseits der Zivilisation, die du kennst. Wir verabscheuen sie. Schon unsere Väter und Vorväter haben sie verabscheut.«

»Warum?«, erkundigte sie sich und hoffte, die Frage würde ihn nicht verärgern.

»Gesetze. Regeln. Sie sind uns verhasst, so wie sie unserem Gründervater verhasst waren. Er flüchtete in diese Region der Wälder, um den Gesetzen der Zivilisation zu entkommen. Das war vor langer Zeit – 100 Jahre vor der Geburt deines Landes. Wilde bevölkerten diese Wälder, er aber war wilder als sie. Er metzelte sie hin und aß ihr Fleisch als Zeichen seiner Macht. Allein die Frauen verschonte er. In sein Bett holte er sie und sie schenkten ihm Abkömmlinge.«

»Abkömmlinge?«

»Kinder, Nachkommen, Junge. Sie wuchsen heran und wurden so wild wie ihr Vater. Sie töteten ihre Feinde und aßen sie nach seinem Vorbild.

Eine Frau aber war dem Urvater lieber als alle anderen.«

So redet doch niemand, dachte Cordie. *Er muss unsere Sprache aus der Bibel gelernt haben.*

»Schlank und hell war sie, eine Frau seltener Schönheit. Sie gebar ihm viele Söhne. Als die Söhne zu jungen Männern wurden, ging jener mit Namen Raf eines Nachts zu ihr. Er gab sich keine Mühe, seine Tat zu verbergen, denn wisse, es ist unser Brauchtum, uns zu paaren, mit wem wir wollen, ohne Scham und Heimlichkeit. Als aber der Urvater erfuhr, was Raf getan hatte, da erfüllte sein Schrei die Nacht. In Raserei tobte er durch das Dorf. Alle jene, die seinen Zorn erblickten, flüchteten davor und versteckten sich im Wald. Sein Grimm war schrecklich. Jedem Sohn und jeder Tochter und jedem lebendigen Wesen riss er den Kopf ab. Und er nahm alle Köpfe mit. Fernab des Dorfes, das er fortan hasste, baute er sich ein Heim, und er umgab es mit den Köpfen jener, die er getötet hatte.

Nur zwei überlebten seine Raserei. Sie paarten sich, und ihre Zahl wuchs. Viele wurden in den Jahren nach dem großen Gemetzel getötet, doch viele überlebten auch. Ein Dasein wie verängstigte Tiere fristeten sie und versteckten sich des Nachts in den Wipfeln der Bäume, um dem raschsüchtigen Vater zu entgehen.

Schließlich beriefen sie zu einer großen Versammlung und beschlossen, ihm das Leben zu nehmen. Während die Frauen und Kinder auf den höchsten Bäumen Zuflucht suchten, zogen die Männer aus zum Kampfe. Der Wald erzitterte in jener Nacht unter Geheul von Wut und kläglichen, gequälten Schreien. Der Morgen kam, doch die Männer kehrten nicht zurück.

Unter den Frauen war eine Tapfere. Sie kletterte aus der Sicherheit ihres Baums zur Erde und reiste durch die Wälder zum Heim des Urvaters. Als sie zurückkam, berichtete sie, dass sie den Kopf jedes Mannes auf einem Holzkreuz vor der Tür des Vaters gefunden habe. Dann schlug sie sich mit einem Stein selbst den Schädel ein und brach tot zusammen.«

»Wie viele hat er getötet?«, fragte Cordie.

»In jener einen Nacht raubte er das Leben von 32 Männern.«

»Wie *konnte* er das?«

»Weil er der Teufel ist, Manfred Krull.«

Cordie starrte Grar an. Aus den Augen des alten Mannes sprach Furcht. »Der Teufel?«, flüsterte Cordie. »Lilly hat gesagt, ihn hätte ich vergangene Nacht gesehen. Sie meint, er sei es gewesen, der meinen Freund getötet hat.«

»Lilly sprach die Wahrheit. Du hast unseren Gründervater gesehen, den Teufel, Manfred Krull.«

»Nein.« Sie schüttelte den Kopf. »Das ist nicht ... Es kann nicht der ursprüngliche ...«

»Es ist so«, beharrte Grar.

»Das ist unmöglich. Der Mann, von dem du erzählt hast, müsste mittlerweile um die 300 Jahre alt sein.«

»Viel älter.«

»Das kann nicht sein.«

»Das Böse altert nicht.«

Cordie schüttelte den Kopf. Das kaufte sie ihm nicht ab. Keine Chance. Aber zu widersprechen, würde Grar vielleicht verärgern, deshalb schwieg sie.

»Viele Male haben wir versucht, ihn zu töten. Noch jedes Mal ist es uns misslungen. Und jedes Mal übt er schreckliche Vergeltung. Unsere Zahl ist gering.«

»Wie gering?«

»Wir sind weniger als 100. Viele sind im Winter gestorben. Wir müssen uns vermehren, sonst stirbt unsere Sippe schon bald aus. Du wirst uns Kinder schenken«, sagte er. »Kinder, um die vielen Gefallenen zu ersetzen. Und du wirst uns frisches Blut schenken, auf dass es sich mit dem unserer Vorväter vermische. Ohne neues Blut werden die Kinder schwach und missgebildet geboren, so wie Heth.« Er nickte in Richtung des entstellten Mannes in der Ecke. »Das Blut seiner Eltern war alt.«

Zu viel Inzucht?, fragte sich Cordie. Sie hatte nicht gewusst, dass daraus solche Ungetüme hervorgehen konnten.

»Du wirst dich jedem Manne hingeben, bis dein Leib die Empfängnis erfährt. Nach deiner ersten Geburt darfst du gewähren lassen, wen du möchtest, und andere zurückweisen.«

»In Ordnung«, sagte sie.

»Nun müssen wir gehen.«

Ihr Herz setzte einen Schlag aus. »Wohin?«

»Zu deinen Freunden.«

»Ich ... Zu wem?«

»Zu jenen, die mit dir von den Bäumen geflohen sind. Du wirst zu ihnen gehen.«

»Ich weiß nicht, wo sie sind.«

»Sie haben Zuflucht im Haus des Teufels gesucht. Du musst zu ihnen gehen und sie herausholen.«

»Ich?«

»Von uns kannst allein du das Land der Toten betreten.«

»O großer Gott, ich ...«

»Die Frauen sind jung. So wie du werden sie uns viele Kinder schenken. Wir müssen sie haben.«

»Aber da ist auch ein Mann.«

»Ihm wirst du das Leben nehmen.«

»Ich? Ich soll ihn umbringen?«

»Du hast andere getötet. Du hast Kigit getötet, die *Gurlaw* war.«

»Der Kerl hat ein Gewehr.«

»Du bist eine Frau.«

»Das ist nicht ...« Cordie bremste sich. Trotz würde ihr nicht weiterhelfen – und könnte für ihren Tod sorgen. »Also gut«, willigte sie ein. »Ich tue, was immer du sagst.«

»Ich höre Falschheit in deiner Stimme.«

»Nein. Ich tu es, ehrlich. Ich töte den Mann. Wirklich. Und dann sorge ich dafür, dass die Frauen rauskommen.«

»Verrätst du uns, so wird dein Tod schrecklicher sein, als du es dir in Albträumen auszumalen vermagst.«

Mit trockenem Hals erwiderte sie: »Ich werde euch nicht verraten.«

»Heth.«

Die Kreatur kam herbei.

»Deine Hand, Mädchen.«

Cordie hob den linken Arm.

Der alte Mann umfasste locker ihr Handgelenk und führte ihre Hand zu Heth. Cordie ballte sie zur Faust.

»Öffne die Finger.«

Zögerlich gehorchte sie.

»Bitte«, flüsterte sie.

»Du musst Gehorsam lernen«, erklärte Grar und schob ihren kleinen Finger auf Heths Mund zu. Die trockenen Lippen sogen ihn hinein. Cordie spürte die Kanten seiner Zähne. Die Zunge leckte über ihren Finger.

Dann biss Heth zu.

Cordie starrte auf ihren blutigen Stumpf. Sie sah Heth kauen. Die Decke der Hütte neigte sich seltsam, dann wurde alles dunkel.

KAPITEL 26

»Was glaubt ihr, wie spät es ist?«, fragte Neala und starrte durch die Tür hinaus.

Sherri zuckte mit den Schultern. »Cordelia war diejenige mit der Uhr.«

»Ich schätze, kurz nach Mittag«, meldete sich Johnny zu Wort. »Vielleicht eins.«

»Und es wird gegen acht dunkel?«

»Ja«, bestätigte Sherri. »Damit haben wir noch sieben Stunden vor uns. Kann man innerhalb von sieben Stunden verdursten?«

»Das bezweifle ich«, meinte Johnny.

Neala wischte sich übers Gesicht. »Ich wünschte, die Nacht würde anbrechen.«

»Wird sie«, sagte Johnny.

»Und dann geht erst der richtige Spaß los«, ergänzte Sherri. Sie legte sich auf den Rücken, verschränkte die

Hände hinter dem Kopf und starrte an die Decke. »Versteckspielen mit den schwarzen Männern.«

»Wir können nicht hierbleiben«, gab Neala zu bedenken.

»Wenn wir Wasser hätten, könnten wir.«

»Haben wir aber nicht.«

»Vielleicht sollte einer von uns heute Nacht rausgehen und welches holen. Mit dem Kessel vielleicht ...«

»Spielst du auf mich an?«, fragte Johnny.

»Klar.« Sie grinste ihn an. »Machst du's?«

»Wohl kaum. Wenn ich es zu Wasser schaffen könnte, wäre ich aus dem Ärgsten raus. Dann könnte ich gleich weiterlaufen.«

»Genau! Tolle Idee! Du läufst weiter und holst Hilfe. Trabst mit der Kavallerie an. Holst uns mit einem Helikopter hier raus und schickst diese Scheißer zur Hölle.«

Johnny schwieg. Beunruhigt drehte sich Neala ihm zu. »Du denkst doch nicht ernsthaft darüber nach, oder?«

»Na ja ...«

»Verdammt noch mal, Sherri!«

»He, es war doch bloß ein Vorschlag.«

»Und er hat schon einiges für sich«, fand Johnny.

»Nein!«

»Wahrscheinlich könnte ich Hilfe holen. Der Rettungsdienst drüben in Melville hat einen Hubschrauber. Wenn ich es dorthin schaffe, könnten sie damit direkt vor der Tür landen. Das einzige Problem ist, dass es eine Weile dauern würde. Ich müsste es zuerst zur Straße schaffen und an ein Auto rankommen. Vorzugsweise an meines, falls es noch funktioniert. Dann müsste ich irgendwie durch Barlow.«

»Was ist dabei das Problem?«, wollte Sherri wissen.

»An Barlow? Jeder dort kennt mich. Wenn man mich sieht, wird man versuchen, mich aufzuhalten. Aber Melville liegt nur eine halbe Stunde hinter Barlow, ich könnte also ziemlich schnell dort sein, falls alles klappt.«

»Klar«, ergriff Neala das Wort. »Falls alles klappt. Und in der Zwischenzeit hocken wir allein hier. Ohne Essen, ohne Wasser, ohne die Möglichkeit, zu erfahren, ob du es geschafft hast.«

»Trotzdem bleibt die Tatsache, dass ihr hier in Sicherheit wärt. Draußen jenseits der Köpfe wärt ihr verwundbar.«

»Genau wie du.«

»Allein komme ich schneller voran. Wenn ich es schaffe, könnte ich bei Tagesanbruch mit dem Helikopter zurück sein.«

»Und wenn du es nicht schaffst?«

»Dann wärt ihr nicht schlimmer dran als mit mir.«

»Ich finde, es ist eine gute Idee«, erklärte Sherri.

»Halt die Klappe. Verdammt noch mal, halt nur eine Minute die Klappe. Johnny, hast du nicht gesagt, es sind 20 Meilen, bis man das Territorium der Krulls hinter sich hat?«

Er nickte. »Wenn man in östliche Richtung geht.«

»Was soll dieses *Wenn?* In die Richtung hast du uns doch vergangene Nacht geführt. Nach Osten.«

»Wenn ich allein gehe, dann nach Westen.«

»In die Richtung, aus der wir gekommen sind?«

»Ich versuche, es zu meinem Auto zu schaffen. Wenn ich es starten kann ...«

»Dort hat es von Krulls nur so *gewimmelt.*«

»Gestern Nacht«, fügte Sherri hinzu.

»Gut, gestern Nacht. Und glaubst du, sie sind inzwischen verschwunden?«

Sherri grinste. »Sie sind gleich da draußen.«

»Stimmt«, bestätigte Johnny. »Gleich da draußen. Rings um die Hütte müssen um die 50 von ihnen sein. Das sind 50 weniger, die durch den Wald streifen. Wenn ich mich an denen da draußen vorbeischleichen kann, sollte der Rest des Wegs ein Kinderspiel sein.«

»Wenn es ein Kinderspiel ist, dann können wir auch zusammen gehen«, gab Neala zurück.

KAPITEL 27

Lautlos bewegte sich Lander auf der Suche nach Beute durch den Wald. Schließlich vernahm er Stimmen. Er bahnte sich den Weg darauf zu. Hinter einem Baum kauernd erblickte er vier Krulls, die in der Nähe im Schatten saßen.

Drei Männer, eine Frau.

Sie unterhielten sich leise in ihrer merkwürdigen Sprache.

Die Frau saß mit dem Rücken zu Lander. Ihr dichtes, blondes Haar hing fast bis zum Boden. Ihre sonnengebräunte Haut glänzte. Sie würde sich feucht in seinen Händen anfühlen. Feucht und geschmeidig.

Er wünschte, er könnte ihre Brüste sehen.

Wenn er wartete, würde sie vielleicht aufstehen und sich umdrehen.

Allerdings waren die Männer im Augenblick am verwundbarsten, da sie entspannt auf dem Boden saßen. Einem fehlte ein Arm. Die beiden anderen hingegen wirkten drahtig und fit.

Ich spalte ihnen die Schädel, bevor sie ...

Womit?

Lander runzelte die Stirn. Er blickte auf seine leeren Hände hinab.

Seltsam.

Was war aus seinem Beil geworden? Er hatte eines gehabt, davon war er überzeugt.

Lander klopfte seine Weste ab. Er blickte an sich hinab, fuhr sich mit einer Hand über den nackten Hintern. Dann drehte er sich um und suchte den Boden hinter sich ab. Sein Beil war verschwunden.

Verschwunden!

Wie konnte er sein Beil verloren haben? Wie sollte er sich nun dieses Mädchen holen, ihre Brüste kneten, in ihr dunkles, feuchtes Loch eindringen ...

Lander erblickte auf dem Boden in Reichweite zweier der Männer Speere. An der Seite der Frau hing ein Messer an einem Riemen. Der einarmige Mann hatte ein Beil.

Er würde sich das Beil holen. Wenn er es schnell in die Finger bekäme, bevor die anderen ...

Die Frau stand auf.

Und drehte sich um.

Sie hielt einen Säugling in den Armen, dessen Mund sich um eine ihrer vollen Brüste geschlossen hatte.

Lander duckte sich tiefer.

Oh, ein Baby. Er wollte kein Baby töten.

Warum eigentlich nicht? Sie waren alle mal Babys. *Kinder, die in der Wärt'rin Armen greinen und sprudeln.* Sogar die Schlimmsten waren einmal Babys. Ein schneller Tod würde verhindern, dass dieses Kind zu einer Bestie heranwachsen konnte.

Dennoch krümmte er sich beim Gedanken daran, es zu töten.

Es versprach kein Vergnügen.

Kein Vergnügen beim Ficken der Frau, während ihr ermordeter Säugling im Gebüsch lag und sie mit fahlen, toten Augen beobachtete.

Nein, nein, nein.

Er würde sie leben lassen.

Lander wartete und lauschte, als die Gruppe aufbrach. Nachdem die letzten Geräusche ihres Geplappers in der Ferne verhallt waren, stand er auf.

Er steuerte auf den Bach zu. Dort hatte er schon viele hübsche Frauen gesehen. Er würde ins kühle Wasser waten, etwas trinken und anschließend auf eine Junge, eine Bezaubernde warten. Und sollte ihm keine gefallen, würde er in der Nacht zum Dorf zurückkehren und sich dort eine aussuchen.

Als sich Lander dem Bach näherte, hockte er sich hin und lauschte erneut. Er hörte nur Vögel und das Gurgeln des Wassers. Leise schlich er ans Ufer, zur selben Stelle, an der er an diesem Vormittag ins Wasser gegangen war.

Der Bach präsentierte sich verwaist.

Er trat einen Schritt vor. Sein nackter Fuß senkte sich auf etwas Glattes, Hartes.

Das Blatt seines Beils.

»Seltsam«, murmelte er.

Er hob es auf, betrachtete es. Dieses Beil ähnelte auffällig jenem, das er verloren hatte.

Lander nahm es mit ins Wasser. Er ging in die Hocke und genoss die zu seinen Schultern aufsteigende Kälte. Dann trank er. Es schmeckte köstlich.

Belebend.

Er blieb dicht am Ufer, wo ihm das Wasser bis zur Hüfte reichte, und folgte der Strömung. Seine Augen suchten beide Ufer ab. Er sah niemanden.

An der Biegung wurde die Strömung stärker. Sie strich über seine Haut wie eine Liebkosung. Lander hockte sich hin, um das Gefühl zu genießen.

Etwas berührte seinen Oberschenkel.

Eine Schlange?

Mit rasendem Herzen stand er auf und starrte ins Wasser. Seine bleichen Beine, umgeben von wogenden Schatten, verschwanden in Dunkelheit.

Ein silbriger Schemen huschte an seinem Knie vorbei.

Ein Fisch!

Er konnte Fisch essen! Seinen knurrenden Magen beruhigen.

Lander hieb mit dem Beil in den Fluss. Wasser spritzte ihm ins Gesicht. Immer wieder schlug er zu, dann wartete er darauf, dass der tote Fisch an die Oberfläche steigen würde. Er tauchte nicht auf.

Mit den Augen nur wenige Zentimeter über dem Wasser ging Lander weiter flussabwärts, suchte nach dem Tier.

Wieder spritzte ihm Wasser ins Gesicht.

War der Fisch gesprungen?

Nein.

Ruckartig drehte er den Kopf in Richtung des Ufers, erblickte jedoch nur Büsche und Bäume. Vielleicht war etwas von oben herabgefallen. Er richtete den Blick auf die über das Wasser hängenden Äste.

Plop.

Diesmal sah er es – ein schnelles, winziges Ding, das vor seinem Gesicht vorbeiflog und im Bach landete.

Abermals schaute er zum Ufer. Zwar erblickte er immer noch niemanden, aber die Büsche in der Nähe wirkten dicht genug, um sich dahinter zu verstecken.

Während er hinsah, geriet kurz ein Arm in Sicht und verschwand wieder. Ein Stein flog in hohem Bogen auf ihn zu.

Er streckte den Arm aus und fing ihn. Lander drehte den Stein in der Hand. Er war eckig, hatte scharfe Kanten, war jedoch zu klein, um großen Schaden anzurichten.

Offensichtlich wollte jemand mit ihm spielen.

Er warf den Stein in die Büsche.

Eine junge Frau kam aus dem Blätterwerk hervor und näherte sich dem Ufer. Dichte, verfilzte Strähnen blonden Haars hingen über ihre Schultern und Brüste. Abgesehen von einem Messer, das tief an der Hüfte von einem Gürtel hing, war sie nackt.

Am Rand des Bachs blieb sie stehen. Die Beine gespreizt, die Hände an den Hüften lächelte sie. Allerdings nur mit der Hälfte des Gesichts. Es mutete wie eine spöttische Geste an.

Sie sprach etwas im Flüsterton – Worte, die Lander nicht verstand, sanfte Worte. Dann schob sie den dichten Vorhang der Haare über ihrer linken Brust beiseite. Ihr Zeigefinger zog Kreise um den Nippel. Abermals sagte sie etwas. Sie entblößte die andere Brust.

Mit einer Hand auf jeder Brust seufzte sie. Anmutig sank sie auf die Knie. Ihre Hände massierten. Ihre Atmung beschleunigte sich.

Lander, der sie beobachtete, stand bis zum Bauch im Wasser, das seine Erektion verbarg.

War dies ihre Art, ihn zu locken?

Die lockende Schöne.

La Belle Dame sans Merci.

Ihre Hände wanderten über ihren Körper und den Ledergürtel. Sie bewegten sich zuerst vorne über die Beine, dann nach innen, streichelten die Schenkel, kletterten höher und liebkosten schließlich ihre behaarte Scham.

Sie stöhnte und wand sich.

La Belle Dame sans Merci hält dich gefangen.

Gefangen.

Oh was nur plagt dich, Rittersmann?

Er berührte, was ihn plagte. Es hatte sich aufgerichtet und war steinhart.

Die Hände der Frau streckten sich ihm entgegen. Nass und glänzend von ihren Säften.

Lander watete los. Der Wasserspiegel sank und entblößte ihn.

Der Blick der Frau heftete sich auf seine Erektion. Wie gebannt starrte sie darauf.

Lander kletterte ans Ufer und trat dicht vor die kniende Frau. Eine Hand berührte ihn. Die glitschigen Finger strichen über seinen Penis. Ihr Kopf folgte. Sie lutschte ihn, ließ die Zunge um ihn streichen, leckte daran.

Dann senkte sie sich zurück und hielt ihn immer noch lose fest. Ihr Rücken berührte den Boden. Sie führte sein Glied in sie.

Lander stieß zu. Ihre feuchte, enge Scheide nahm ihn auf. Reglos lag er auf der Frau, genoss das saugende Gefühl.

Er sah ihr ins Gesicht. Ihr wilder Blick beunruhigte ihn, deshalb schob er ihr dichtes Haar beiseite und küsste sie seitlich auf den Hals. Dort stieß er auf einen Lederriemen. Ein Halsband. Seine Hand strich über die glatte Rundung ihrer Schulter und wanderte zu ihrer Brust hinab. Seine Finger streichelten über die krause Haut ihres Warzenhofs und drückten ihren steifen Nippel.

Langsam begann er, sein Becken zu bewegen.

Er beugte den Kopf und nahm den Nippel in den Mund.

Während er rhythmisch vor- und zurückglitt und an ihrer Burstwarze sog, daran leckte, konzentrierte sich sein Blick auf ihr Halsband. Ein Dutzend schrumpeliger, stummelartiger Daumen reihte sich an dem Lederriemen aneinander.

Nein, keine Daumen.

Seine Zähne senkten sich auf ihren Nippel, mahlten ihn, kauten daran. Ein Schrei drang ihm in die Ohren.

Sie bäumte sich auf, wand sich vor Schmerzen.

Lander hielt sie fest. Mit den Zähnen. Mit den Armen auf ihren Handgelenken. Ungestüm und atemlos stieß er in sie, bis ihn schließlich sein Orgasmus erzittern ließ.

Dann rammte er ihr die Faust ins Gesicht. Wieder und wieder schlug er zu, ließ ihre Lippen aufplatzen, zermalmte ihre Nase. Noch lange, nachdem sie aufgehört hatte, sich zu wehren, drosch er auf sie ein.

»Meinen hast du nicht bekommen.«

Er kicherte.

»Nein, eindeutig nicht.«

Dann schlitzte er ihr die Kehle auf.

KAPITEL 28

Ein Riese jagte Cordie über eine kahle, gleißende Dünenlandschaft. Sie wimmerte, während sie rannte.

Oh, wenn er sie erwischte!

Sein Schatten fiel über ihren Körper, sperrte die Sonne aus. Ein so kalter Schatten. Sie versuchte, schneller zu rennen, doch der Sand sog an ihren Füßen, verlangsamte sie.

Die Arme des Schattens streckten sich.

Eine grässliche Hand umfasste ihre Schulter. Die Finger fühlten sich knochentrocken an.

Sie biss den kleinen Finger ab.

Der Riese brüllte vor Schmerz und ließ sie los. Sie rannte weiter, weg von dem kalten Schatten. Der Riese blieb weit hinter ihr zurück. Aber sie hatte sich verirrt, und die Dünen wirkten seltsam. Nach Einbruch der Dunkelheit wollte sie hier nicht mehr sein.

Wo steckten Mom und Dad?

Sie mussten in der Nähe sein. An einem so schrecklichen Ort würden sie Cordie niemals allein lassen.

Sie versuchte zu rufen, doch der Finger des Riesen befand sich noch in ihrem Mund. Cordie zog ihn heraus.

Wie merkwürdig! Er hatte genau die Größe ihres kleinen Fingers.

Sie steckte den Finger des Riesen auf ihren Stumpf. Er passte perfekt.

Cordie rannte weiter, aber der Finger fiel ab und verschwand im Sand. Sie sank auf die Knie und begann, mit den Händen im Sand zu wühlen, versuchte, den Finger zu finden.

Ah, da ist er ja!

Sie zog daran, doch er steckte fest. Cordie zog kräftiger. Eine gesamte Hand löste sich aus dem Sand!

Von plötzlicher Angst erfüllt taumelte sie zurück.

Jemand, der unter dem Sand vergraben war, erhob sich daraus!

Die Gestalt setzte sich auf und grinste sie an. Sand rieselte von dem Körper. »Hallo, Cordie.«

»Ben? Ich dachte, du wärst tot.«

»Nicht ich«, gab er zurück und wischte sich Sand aus den Haaren.

Nein, keinen Sand. Ameisen.

»Ben!«

Er wischte heftiger. Sein Kopf löste sich und fiel in seinen Schoß. Cordie setzte sich schreiend auf.

Sie befand sich in der Hütte.

Lilly saß neben ihr. »Ein Albtraum?«, fragte das Mädchen.

Cordie hob die Hand. Sie war in einen blutigen Lumpen gewickelt und pulsierte vor Schmerz. »Mein Finger ...«, stammelte sie.

»Ja. Tja, du kannst von Glück reden, dass du nicht mehr verloren hast. Grar vertraut dir nicht besonders.«

»Ich habe ihm doch gesagt, dass ich es tun werde. Was will er denn noch? Herrgott, mein *Finger!*«

»Wir müssen los. Komm.«

Cordie kroch hinter Lilly her, wobei sie ihre verletzte Hand vom Boden fernhielt. Draußen schmerzte das grelle Sonnenlicht ihre Augen. Sie kniff sie zusammen und mühte sich auf die Beine.

Grar kam auf sie zu. Sein Schurz aus Haaren schlackerte um seine Beine. Er hielt ein Schwert. Für Cordie sah es nach einem Säbel aus einem Film über den Bürgerkrieg aus. Er reichte es Lilly und sagte etwas in der Sprache der Krulls.

Lilly nickte. Sie wandte sich an Cordie. »Also los. Da lang.«

Sie lief neben Lilly durch die Mitte des Dorfs auf ein großes Feuer am gegenüberliegenden Ende zu. Dort hingen Arme und Beine. Cordie senkte den Blick.

»Sag ihnen, dass du den Kopf willst.«

»Was?«

»Kigits Kopf. Du hast es versprochen. Wir holen ihn ab, wenn wir zurückkommen.«

Lilly führte sie zum Feuer. Zwei Frauen kauerten daneben und zerlegten eine Leiche.

»Sandy.«

Eine der beiden stand auf. Ihre Arme und ihr Rumpf waren blutig. Grinsend wischte sie sich Schweiß von der Stirn. Ihre linke Hand hinterließ eine rote Schliere.

»Das ist das Mädchen, das Kigit drangekriegt hat.«

»He, Glückwunsch. Wurde auch Zeit, dass die mal jemand aus dem Weg geräumt hat.«

»Sie will den Kopf.«

»Oh, sicher. Sie oder du?«

»Sag es ihr, Cordelia.«

»Ich will den Kopf.«

»Er gehört dir.«

»Wir kommen ihn später holen«, erklärte Lilly.

Sie gingen. »Sandy ist ein Miststück«, murmelte Lilly.

»Ist sie wie wir?«

»Eine Bekehrte? Ja. Bekehrte erkennt man leicht. Wir sind die Einzigen, die nicht nur die Krull-Sprache beherrschen.«

»Was ist mit Grar?«

»Er ist kein Bekehrter. Soll das ein Witz sein? Grar ist ein reinrassiger Krull.«

Cordie ging neben ihr in den Wald.

»Du solltest ihn mal hören, wenn er seine Ahnen herunterrasselt. Bis zurück hinauf zu *ihm*.«

»Zu wem? Manfred?«

Knurrend ging Lilly auf Cordie los, stieß sie zu Boden und ließ den Säbel hinabsausen. Die Spitze ritzte Cordies Bauch auf. »Sprich *nie wieder* seinen Namen aus. Wenn du es doch tust, töte ich dich. Verstanden?«

Cordie nickte.

Lilly zog den Säbel zurück. »Na schön. Steh auf.«

Cordie gehorchte. Sie drückte eine Hand auf ihren Bauch. »Verdammt, du hast mich geschnitten.«

»Sei froh, dass ich nicht mehr getan habe. Seinen Namen auszusprechen, ist das schlimmste Vergehen überhaupt.«

»Hat mir niemand gesagt.«

»Ich hab's dir gerade gesagt.«

»Aber du hättest mich nicht schneiden müssen«, murrte sie. Cordie fühlte sich verängstigt und verraten. »Ich dachte, du magst mich.«

»Ja.« Lilly zuckte mit den Schultern, dann lächelte sie kurz. »Klar, du bist in Ordnung. Trotzdem kannst du nicht rumlaufen und seinen Namen sagen. Das bringt so was von Pech.«

»Du hast das getan, weil es *Pech* bringt?«

»Der übelsten Sorte. Manche behaupten, er hört es, wenn man seinen Namen ausspricht, und kommt einen dann holen.«

»Das ist doch Blödsinn.«

»Möglich. Solltest du besser hoffen. Sonst hast du uns gerade beide umgebracht.«

»Grar hat seinen Namen ausgesprochen.«

»Grar darf das. Er ist der *Mang*. So was wie ein Medizinmann, verstehst du? Er hat besondere Kräfte.«

Sie erreichten den Bach und stiegen hinein. Das kühle Wasser umwirbelte Cordie. Es fühlte sich so gut an! Sie seufzte. Dann trank sie, bis sich ihr Bauch aufgebläht anfühlte. Sie hielt die verletzte Hand hoch und tauchte unter. Als sie sich aufrichtete, um Luft zu schnappen, hatte Lilly fast das gegenüberliegende Ufer erreicht.

Einen Moment lang spielte sie mit dem Gedanken an Flucht.

Dumm!

Selbst, wenn sie Lilly entkommen konnte, wäre sie immer noch in den Wäldern, fernab jeder Sicherheit. Wenn die Krulls sie in die Finger bekämen ... Nein, sie wagte es nicht.

Stattdessen schwamm sie los und folgte Lilly an Land.

Lange marschierten sie durch die Hitze des Waldes.

»Wie weit ist es noch?«, fragte Cordie schließlich.

Lilly zuckte mit den Achseln. »Wer weiß?«

»Weißt du denn gar nicht, wohin wir gehen?«

»Irgendwie schon. Aber ich war nur einmal dort. Das ist ein Ort, den man besser meidet. Mich würdest du dort nicht antreffen, außer für Grar. Weißt du, wenn er etwas will, dann tut man, was er sagt.«

»Hab ich schon festgestellt«, murmelte Cordie.

»Ja. Scheiße, hätte ich geahnt, dass ich in einen solchen

Schlamassel gerate ...« Sie schwang den Säbel auf einen nahen Jungbaum. Die Klinge durchschnitt den dünnen Stamm mühelos. Lilly schwang die Waffe erneut und hackte durch einen Busch. Plötzlich grinste sie.

Es war ein garstiges Grinsen, das Cordie einen kalten Schauer der Angst über den Rücken jagte.

»Weißt du, was ich tun könnte?«, fragte Lilly. Sie sah Cordie mit zu Schlitzen verengten Augen an. »Ich könnte dich erschlagen. Damit wäre das Problem gelöst.«

»Das ist nicht lustig.«

Lilly schwenkte den Säbel wild, hackte damit durch die Luft. »Ich könnte sagen, ein *Thak* hat es getan.«

»Grar! Er würde es herausfinden.«

»Nein, das glaube ich nicht.«

»Lilly!«

Der Blick des Mädchens wanderte über die Umgebung. »Ich sehe niemanden, der mich verraten könnte.«

»Kehr einfach um. Wenn du nicht zu *seinem* Zuhause willst, dann geh einfach. Oder bleib hier. Ich gehe den restlichen Weg allein.«

»Das wäre feige.«

»Nein, es ...«

»Außerdem funktioniert das nicht. Wenn du allein bist, bringen dich die Krulls um. Dann müsste ich mich vor Grar verantworten und er würde mir den Arsch aufreißen.« Sie trat einen Schritt auf Cordie zu.

Cordie schaute an Lillys Schulter vorbei und stieß hervor: »Da ist *er*!«

Lilly wirbelte herum.

Cordie ergriff die Flucht. Sie hörte ein wütendes Zischen, gefolgt von schnellen Schritten. Vor sich erblickte sie zwischen den Bäumen einen deutlichen Weg, der wie ein Tunnel anmutete. Sie rannte hinein und beschleunigte. Mit gesenktem Kopf und fliegenden Armen zwang sie ihre Beine, sie voranzutragen, so schnell sie konnten.

Am Ende des offenen Bereichs sprang sie über einen umgestürzten Baumstamm. Sie schaute zurück. Lilly raste mit wehendem Haar auf sie zu, der Mund ein verzerrtes Loch, das Schwert hoch über dem Kopf.

Cordie preschte seitwärts, umrundete ein Dickicht, schrammte sich die Schulter an einem Baum auf, gegen den sie prallte.

Dann endeten die Bäume.

Sie brach auf eine Lichtung hervor.

Und blieb abrupt stehen.

Zwischen 20 und 30 Krulls drehten sich um und starrten sie an. Viele hoben Waffen auf.

Sie wirbelte herum. Lilly kam zwischen den Bäumen hervorgerannt, erblickte die Gruppe und senkte den Säbel. »So«, sagte sie. »Da sind wir.« Sie sprach laut mit den Krulls. Anscheinend erklärte sie Cordies Mission. Anschließend ergriff sie Cordies Arm. »Komm mit.«

Sie traten vor. Die Krulls teilten sich und Cordie erblickte das Meer der Kreuze und Köpfe. Mit einem Ruck befreite sie ihren Arm aus Lillys Griff.

»Deine Freunde sind in der Hütte.«

Cordie schüttelte den Kopf. Sie fühlte sich wie betäubt.

»Hier. Der ist für dich.« Lilly streckte ihr den Säbel mit dem Griff voraus entgegen. »Benutz ihn für den Kerl.«

Cordie hob den Arm und beobachtete, wie sich ihre eigene Hand um den Griff schloss. Das Gewicht des Schwerts zog ihren Arm wie ein Anker nach unten.

»Setz dich in Bewegung«, forderte Lilly sie auf. »Je schneller du es erledigst, desto schneller können wir von hier verschwinden.« Cordie erkannte Angst in Lillys Augen. »Wir wollen bestimmt nicht mehr hier sein, wenn *er* zurückkommt.«

Cordie konnte sich nicht rühren.

Lilly versetzte ihr einen Stoß und sie begann zu laufen. Die Köpfe schienen vor ihr zu nicken und zu wackeln. Ein Vogel flatterte herab. Ein schwarzer Vogel. Er hockte sich auf einen nahen Kopf und hackte auf die Stirn ein. Die Haut brach auf, aber es floss kein Blut.

Irgendetwas wirkte vertraut ...

Dieses Gesicht.

Ben!

KAPITEL 29

»Keine Fischlein«, murmelte Lander. Er setzte sich neben die Leiche in das schützende Gebüsch, wo er sie versteckt hatte. »Überhaupt keine. Fehlschlag.«

Er löste ihren Gürtel und probierte ihn an. Etwas eng. Mit dem Messer bohrte er ein neues Loch in der Nähe der Spitze. Danach passte er.

Lander schnitt den Lederriemen an ihrer Kehle durch und hob das Halsband für eine nähere Betrachtung an. Die Schmuckstücke waren dunkel vom geronnenen Blut der Frau. Er zählte sie.

»Ha! Lander wäre Nummer 13 gewesen. Ein Bäckersdutzend. O Schurkerei!«

Er rammte ihr das Messer in den Bauch und zog es heraus.

»Seltsam. Wenn ihr uns stecht, so bluten wir nicht?«

Er warf das Halsband weg und kniete sich über sie. Aus

der Wunde trat nur ein schmales Rinnsal aus. Er stach erneut in sie.

»Beim Sonnenlicht, dies ist erstaunlich fremd.«

Langsam ritzte er seinen Namen in die Haut ihres Bauchs, dann schnitt er einen Rahmen ringsum. Schließlich schälte er die Haut ab und hielt sie hoch.

»Lander in Fleisch und Blut!«

KAPITEL 30

»Es kommt eine!«, rief Neala.

Robbins eilte zur Tür und ergriff das Gewehr. Er sank auf ein Knie, zielte und beobachtete, wie das Mädchen zwischen den Kreuzen hindurchwankte, dabei einige rammte.

»Ist sie betrunken?«, fragte Sherri.

»Irgendetwas stimmt eindeutig nicht mit ihr«, meinte Neala.

Robbins senkte das Gewehr.

»Um Himmels willen, erschieß sie!«

»Von den anderen kommt keiner«, sagte er.

»Na und?«

»Sie sieht verrückt aus«, fand Neala.

Robbins stand auf und trat ins Sonnenlicht.

»Was hast du vor?«, wollte Sherri wissen.

»Moment.« Er rannte zur Ecke der Hütte und sah nach den Krulls auf der Seite. Auch von dort näherte sich niemand.

»Johnny, was ...«

Er lief nach hinten, hielt dort Ausschau und kehrte zur Vorderseite zurück. »Alles in Ordnung«, verkündete er. »Sie ist die Einzige.«

»Du lässt sie doch nicht etwa herkommen, oder? Sieh dir nur das verdammte Schwert an.«

»Genau das tue ich ja«, gab Robbins zurück. »Ich will es haben.«

Das Mädchen stolperte und krachte durch ein halbes Dutzend Kreuze, bevor es ausgestreckt auf dem Boden landete. Sie hob den Kopf, rappelte sich auf Hände und Knie. Dann stützte sie sich mit dem Schwert ab und stand auf. Sie schaute zurück, als wollte sie sehen, wie weit sie bereits gekommen war. Schließlich drehte sie sich zur Hütte um. Mit zusammengekniffenen Augen hob sie einen Arm, um sich Schweiß von der Stirn zu wischen.

Die Bewegung lenkte Robbins' Blick auf ihre Brüste. Für ein so zierliches Mädchen waren sie riesig, und sie glänzten vor Schweiß. Robbins spürte eine sich anbahnende Erregung. Sein Blick wanderte zu ihrem Bauch und zum dunklen Keil ihres Schamhaars hinab.

»Seht nur«, meldete sich Sherri zu Wort. »Sie hat Badeanzugslinien.«

Sherri hatte recht. Der Busen und der Schambereich des Mädchens wirkten deutlich blasser als der Rest.

»Das ist Cordelia!«, stieß Neala hervor.

Robbins musterte das Gesicht. Wenngleich es verschwollen und mit blauen Flecken und Kratzern übersät war, ähnelte es tatsächlich dem des Mädchens, das in der vergangenen Nacht bei ihnen gewesen war.

»Cordelia?«, rief er.

Ihr Kopf nickte leicht.

»Heilige Scheiße«, murmelte Sherri.

Cordelia taumelte weiter. Sie stieg über umgestürzte Pfähle hinweg und duckte sich unter Querbalken hindurch.

»Großer Gott, was haben die mit ihr gemacht?«

»Ich glaube, sie hat einen Schock«, meinte Robbins.

Sie wankte weiter und fiel auf die Knie.

Robbins schlang sich das Gewehr auf den Rücken und setzte sich in Bewegung.

»Johnny, das könnte ein Trick sein.«

»Vielleicht«, räumte er ein.

Er bahnte sich den Weg zwischen den Kreuzen hindurch, bis er sie erreichte. Immer noch auf den Knien starrte sie zu ihm empor. Ihre Augen wirkten groß und ausdruckslos.

Er schob die Hände unter ihre Achseln und zog sie auf die Beine.

»Alles in Ordnung«, sagte er leise.

Sie hob das Schwert an.

»Johnny!«, rief Neala.

Seine Hand wanderte nach oben und packte ihren schwachen Arm.

»Alles in Ordnung«, wiederholte er.

Sein anderer Arm umschlang ihren Rücken und er zog sie an sich. Dann drückte er sie fest an seinen Körper, ohne den Arm mit dem Schwert loszulassen, schwang sie herum und trug sie zwischen den umgestürzten Kreuzen hindurch.

Vor der Hütte nahm ihr Neala das Schwert aus der Hand. Robbins trug sie hinein und legte sie auf den Boden. Sie rollte sich zur Seite, zog die Beine an die Brust und verharrte so. Ihr Mund nuckelte an einem Knie.

»Cordelia?«

Sie reagierte nicht.

Robbins drehte sich zu Neala und Sherri um. »Vielleicht sollten wir sie besser eine Weile in Ruhe lassen.«

Er ging zur Tür. Neala folgte ihm.

»Ich bleibe bei ihr«, bot sich Sherri an. »Sie könnte jemanden brauchen.«

»Gut.«

Sie ließen Sherri bei dem Mädchen und gingen hinaus. Auf der Rückseite der Hütte fanden sie etwas Schatten. Dort setzten sie sich nebeneinander hin. Sie hielten Händchen und unterhielten sich leise. Neala legte sich auf den Rücken und bettete den Kopf auf Johnnys Schoß. Er streichelte ihr Haar. Als sie gähnte, forderte Robbins sie auf, zu schlafen. Sie schüttelte den Kopf. Aus ihren Augen sprach Besorgnis. »Wir haben so wenig Zeit«, meinte sie.

»Wir haben noch Jahre«, entgegnete er.

Tränen traten ihr in die Augen. Er wischte sie von ihren Augenwinkeln.

Neala öffnete die Lider. Sie lag auf der Seite, das Gesicht dicht vor Johnnys nackter Brust. Es fühlte sich an, als hätte sie lange geschlafen. Der Wind wehte in warmen, unregelmäßigen Stößen über ihre Haut.

Zuvor hatte sie keinen Wind gespürt. Mit einem Ruck rollte sie sich auf den Rücken. Der Schatten der Hütte war lang geworden.

»O Gott«, stöhnte sie und drehte sich Johnny zu. »Es ist schon so spät.«

»Wir haben noch ein paar Stunden.«

»Ich will nicht, dass du gehst. Nicht ohne mich.«

»Du bist hier sicher.«

»Ist mir egal, ob ich hier sicher bin. Ich will mitkommen.«

»Mal sehen. Ich ...«

»He, Leute!«, rief Sherri durch die Wand. »Ihr solltet besser reinkommen.«

»Schnell«, sagte Johnny.

Neala setzte sich auf. Sie schaute nicht zur Wand. Das

hatte sie den ganzen Nachmittag lang vermieden. Falls Sherri sie wieder beobachtete, wollte sie es nicht wissen.

Johnny und sie zogen sich an. Sie eilten zur Vorderseite der Hütte und traten durch die offene Tür.

Cordelia saß aufrecht da.

»Sie will uns etwas sagen«, erklärte Sherri.

»Ja«, bestätigte Cordelia. »Es geht darum, weshalb sie mich hergeschickt haben. Ihr sollt rauskommen.«

»Was für eine Überraschung.«

»Sie werden euch nicht töten, wenn ihr es tut.«

»Sicher doch«, sagte Sherri. »Da würde ich glatt drauf wetten.«

»Nein, wirklich. Sie werden euch aufnehmen. Ihr könnt euch ihnen anschließen. Sie werden euch nicht töten.«

»Warum nicht?«, wollte Neala wissen.

»Sie brauchen euch ... Sie haben zu viel Inzucht.«

»Sie wollen uns, damit wir Babys bekommen?«

»Ja.«

»Was ist mit Johnny. Er kann wohl kaum Babys ...«

»Er kann auch kommen.«

»Bleib bei der Wahrheit«, warnte Johnny.

Sherrie drehte sich ihm zu. »Du weißt, wovon sie redet?«

»Ich weiß, dass sie manchmal Frauen aufnehmen. Junge. Hübsche. Zur Fortpflanzung. Oder eher zur Zucht. Wahrscheinlich wollen sie deshalb nicht, dass die Männer aus Barlow an ihnen rummachen. Aber sie nehmen nie Männer auf.«

»Stimmt das?«, wollte Sherri von Cordelia wissen.

Das Mädchen nickte.

»Du meinst, sie würden Johnny töten?«, fragte Neala.

»Ich denke schon.«

»Du Miststück! Wieso hast du gelogen?«

»Es tut mir leid«, flüsterte Cordelia. Sie hob die linke

Hand und löste einen dreckigen Fetzen davon. »Seht ihr, was sie getan haben?«

Neala erblickte den Stumpf und schaute schnell weg.

»Einer von ihnen hat ihn abgebissen. Um mir eine Lektion zu erteilen. Um mir zu zeigen, was sie mit mir machen, wenn ich es nicht schaffe, euch zu überreden, rauszukommen.«

Sherri lachte kurz und spöttisch. »Klingt ja nach einer tollen Truppe. Zuerst ficken sie uns, dann beißen sie uns die Finger ab.«

»Und sie töten Johnny«, fügte Neala hinzu.

»Danke, aber ich passe«, sagte Sherri.

Cordelia schaute nacheinander alle an. »Wenn ihr nicht mitkommt, werdet ihr alle getötet.«

»Hier können sie nicht an uns ran«, entgegnete Johnny. »Wenn sie es könnten, hätten sie nicht dich geschickt, um uns rauszulocken.«

»Nicht von ihnen. Von ... jemand anderem.« Die Angst in ihren Augen jagte Neala einen eisigen Schauder über den Rücken. »Ich habe ihn letzte Nacht gesehen«, fuhr sie fort. Ihre Stimme senkte sich zu einem heiseren Flüstern. »Er hat Ben getötet. Und seinen Kopf auf einen Pflock gespießt. Er hat all diese Köpfe auf die Kreuze gespießt. Sie nennen ihn den Teufel, und sie kommen euch nicht holen, weil das seine Hütte ist. Und er wird zurückkommen?«

»Wann?«, fragte Johnny.

»Vielleicht schon heute Nacht.«

»Sie versucht schon wieder, uns übers Ohr zu hauen«, sagte Sherri.

»Nein, wirklich. Er ist echt und er ist ... grauenhaft!«

»Wir waren vergangene Nacht hier«, warf Johnny ein. »Da ist er nicht gekommen.«

»Er war unterwegs zum Töten. Er hat Ben umgebracht. Mich hätte er fast erwischt, aber ich habe mich versteckt.«

»Wenn er kommt, verstecken wir uns eben auch«, meinte Sherri.

»Ihr seid verrückt. Er wird euch alle töten.« Cordelia stemmte sich auf die Füße. »Ich gehe zurück und sage ihnen, dass ihr nicht kommt.«

»Tu das nicht«, riet Johnny. »Bleib hier. Wir schaffen es alle hier raus.«

»Nein, werdet ihr nicht. Ich habe ... habe *ihn* gesehen. Ich gehe zurück.«

Mit wackeligen Beinen steuerte sie auf die offene Tür zu.

»Cordelia, nicht.«

»Ihr seid Idioten«, sagte sie und deutete hinaus. »Morgen früh werden eure Köpfe dort draußen sein.«

Ihr Schwert lehnte neben der Tür. Sie griff danach.

»Lass das hier«, forderte Johnny sie auf.

»Na gut«, willigte Cordelia ein.

Dann packte sie die Waffe, wirbelte herum und griff an.

KAPITEL 31

Sie zielte mit der Klinge auf Robbins' Brust. Er saß auf dem Boden. Es hätte einfach sein sollen.

Doch in den wenigen Schritten, die sie machte, um ihn zu erreichen, hechtete Neala auf ihre Beine zu, während Sherri zum Kamin huschte und Robbins sich zurückfallen ließ. Cordelia trat Nealas Arme beiseite und stürzte sich auf Robbins. Sein Bein schwang hoch. Die Klinge traf es. Er schrie vor Schmerz auf und warf sich zur Seite. Der Säbel hatte sich im Hosenbein seiner Jeans verheddert. Er wurde ihr aus der Hand gerissen.

Sherri schlug mit dem Schürhaken nach ihrem Kopf. Cordelia wehrte den Hieb mit dem Unterarm ab. Neala, die ausgestreckt auf dem Boden lag, packte ihr linkes Bein und biss ihr in die Wade. Als sie sich von Neala losriss, schlug Sherri erneut zu. Die schwarze Spitze des Schürhakens schnellte an ihren Augen vorbei, verfehlte sie nur knapp. Sie drehte sich herum und ergriff die Flucht. An der Tür sauste der Schürhaken von oben herab und schlitzte über ihren Rücken. Cordelia rannte auf das Meer der Kreuze zu, dicht gefolgt von Sherri. Der Schürhaken zischte durch die Luft. Verfehlte sie. Ein Schädel grinste sie an. Sie duckte sich unter dem Querbalken hindurch, ließ sich auf die Knie fallen und kroch weiter.

Cordelia schaute über die Schulter zurück. Sherri war stehen geblieben.

Neala tauchte mit dem Gewehr an der Tür auf. Sie zielte und feuerte. Erde und Zweige stoben neben Cordie vom Boden auf.

Sie taumelte vorwärts, pflügte durch ein Dutzend Kreuze, bevor ein weiterer Schuss die Stille zerriss. Cordelia warf sich zu Boden.

Etwas lag unter ihrem Bauch. Ohne hinzusehen, wusste sie, was es sein musste. Stöhnend rollte sie sich davon herunter. Ihr Rücken stieß gegen einen Pflock.

Sie erstarrte.

Nichts kippte um.

Keuchend lag sie auf der Seite. Sie konnte immer noch die Berührung des Dings fühlen, auf das sie gefallen war. Cordie presste die Augen zu und fasste hinab. Mit dem Handrücken schlug sie es weg.

Dann legte sie sich flach hin und wartete auf den nächsten Schuss.

Es kam keiner.

Schließlich schaute sie zurück. Sherri und Neala waren verschwunden.

Sie stemmte sich auf die Hände und Knie. Vor ihr warteten jenseits des Meers der unzähligen Kreuze die Krulls. Sie schwiegen. Alle schienen sie zu beobachten.

Cordie erinnerte sich an Grars Warnung. *Verrätst du uns,*

so wird dein Tod schrecklicher sein, als du es dir in Albträumen auszumalen vermagst.

Hier können sie mich nicht kriegen, dachte sie.

Sie sackte zurück auf den Boden und bettete das Gesicht auf den Arm, der einen Bluterguss von dem Schürhaken aufwies. Cordie schloss die Augen. Der Boden fühlte sich trotz der kratzigen Zweige und des Unkrauts gut unter ihr an.

Sie würde hierbleiben.

Obwohl der Wind lau wehte, briet die Sonne ihren Rücken förmlich. Schweiß kullerte ihr über die Haut. Manchmal spürte sie das Kitzeln von Insekten. Trotzdem rührte sie sich nicht. Es würde wehtun, sich zu bewegen. Und es würde nichts bringen, denn der Hitze und den Insekten konnte sie nicht entkommen.

Ebenso wenig wie den Schmerzen.

Oder den Krulls.

Nein, so *konnte* sie den Krulls entkommen.

Nur so.

Nur ...

Dann verschwand die schreckliche Hitze. Sie öffnete die Augen und sah, dass die Dämmerung angebrochen war.

Viele der Krulls waren verschwunden, viele waren geblieben.

Wenn es ganz dunkel wäre, könnte sie vielleicht ...

Nein.

Wenn sie wegliefe, würden die Krulls sie finden.

Und ihr unaussprechliche Dinge antun. *Verrätst du uns, so wird dein Tod schrecklicher sein, als du es dir in Albträumen auszumalen vermagst.*

Sie senkte den Kopf und schloss die Augen.

Das ist ein guter Ort.

Ein guter Ort.

KAPITEL 32

»Nicht, Johnny.«

»Gib mir das Gewehr.«

»Du kannst es nicht schaffen.«

»Ich kann es zumindest versuchen. Ihr beide haltet aus, so lange ihr könnt. Wenn ich nicht mit Hilfe zurückkomme, dann geht ihr zu den Krulls und macht das Beste daraus.«

Sherri reichte ihm das Gewehr.

Johnny benutzte es als Stütze und stemmte sich damit auf die Beine. Er humpelte durch den von Kerzen erhellten Raum. Schweiß strömte ihm über den Rücken. Neala fiel auf, dass er sein verbundenes Bein überhaupt nicht belastete.

»Johnny ...«

»Sobald ich beim Auto bin, kann mir nichts mehr passieren. Es wird bloß länger dauern, als es vorher der Fall gewesen wäre ...« Seine Hand rutschte am Gewehr ab. Er zuckte zusammen und fiel.

Neala stürzte zu ihm.

»Alles in Ordnung, es geht mir gut«, beteuerte er.

»Nein, das stimmt nicht.«

Er stemmte den Gewehrkolben auf den Boden und begann, sich am Lauf hochzuziehen. Mit zusammengebissenen Zähnen blinzelte er sich Schweiß aus den Augen. Sein gesamter Körper zitterte.

Neala ergriff seinen Arm. »Warte. Setz dich und ruh dich eine Minute aus. Bitte.«

Er sank zurück.

»Warte, ich nehme das Gewehr.«

Er umklammerte es.

»Ich muss kurz raus.«

»Schon wieder?«, fragte Sherri.

Neala seufzte. »Muss wohl an etwas liegen, das ich gegessen habe. Oder nicht gegessen habe.«

»Ich komme mit«, schlug Sherri vor.

»Herrgott, ich brauche keine Eskorte.«

»Na schön. Aber beeil dich.«

»Bin gleich zurück.« Sie küsste Johnny flüchtig auf den Mund, dann ging sie zur offenen Tür hinaus. Rasch lief sie zur Rückseite der Hütte. Der Dreiviertelmond hing tief über den fernen Bäumen. Sie wünschte, er wäre nicht so hell.

Neala lehnte das Gewehr an die Hüttenwand und zog ihre Cordhose aus. Sie holte Johnnys Schlüsselbund aus einer Tasche und schob ihn vorne in ihren Slip. Dann streifte sie ihre Bluse ab.

Der Wind war kurz nach Einbruch der Dunkelheit abgeflaut. Die Luft war reglos und warm. Trotz der anhaltenden Hitze zitterte sie, als sie das Gewehr ergriff. Sie hob sich den Tragegurt über den Kopf. Die Waffe klatschte gegen ihren Rücken. Der breite Riemen zerrte an ihrer Schulter, verlief quer über ihren Körper, grub sich in ihre rechte Brust. Neala rückte ihn so zurecht, dass er sich zwischen ihren Brüsten befand. Dann bahnte sie sich geduckt den Weg zu den Kreuzen.

»Neala!«

Sherris Stimme. Sie schaute zurück und sah, dass ihre Freundin auf sie zurannte.

Neala preschte zu den Kreuzen los, aber Sherri packte sie an den Haaren, riss sie zu Boden und warf sich auf sie. Neala grunzte vor Schmerz, als sich das Gewehr in ihren Rücken bohrte. Sherri ergriff ihre Handgelenke und drückte sie nach unten.

»Lass mich los, verdammt noch mal!«

»Willst du abhauen und umgebracht werden?«

»Runter von mir!«

»Nein. Das kann ich nicht. Ich kann nicht zulassen, dass du das tust, Neala.«

»Wenn ich nicht gehe, wird Johnny es versuchen.«

»Wir können ihn davon abhalten. Zu zweit ...«

»Sherri, um Himmels willen, begreifst du denn nicht? Wir können nicht in dieser Hütte bleiben. Sonst sterben wir alle. Selbst wenn die Krulls nicht kommen, selbst wenn dieser *Teufel* nie kommt, werden wir da drin einfach sterben.«

»Wir könnten uns ergeben und bei den Krulls leben.«

»Klar. Nur was wird dann aus Johnny?«

»Ja, ich weiß.« Sie starrte Neala in die Augen. »Du liebst ihn, nicht wahr?«

»Ja.«

Sie ließ Nealas Handgelenke los und streichelte ihr zärtlich über das Gesicht. »O Neala«, flüsterte sie. »Oh, verdammt noch mal, Neala. Vergiss mich nicht, ja?«

»Was ...«

Sherris Faust schnellte herab und traf Neala seitlich am Kopf. Sie sah die andere Faust kommen und wollte sie abwehren, doch sie konnte den Arm nicht schnell genug heben. Die Faust traf sie, schleuderte ihren Kopf herum.

Sherris Gewicht verschwand von ihrem Körper. Neala versuchte, den Kopf zu heben, aber es gelang ihr nicht. Sie fühlte sich betrunken, konnte ihre Bewegungen nicht kontrollieren.

Sherri zog den Riemen des Gewehrs von ihren Brüsten. Sie rollte Neala herum und nahm das Gewehr. Neala wippte zurück auf den Rücken. Ohne die harte Waffe fühlte sich der Boden wesentlich angenehmer an.

Sherri ragte wie ein Hüne über ihr auf, während sie sich rasch auszog.

»Nicht.«

Sherri schlang sich das Gewehr auf den Rücken.

Neala hob den Kopf. »Nicht«, wiederholte sie.

»O Neala.« Sherri hockte sich neben sie.

Neala konzentrierte sich auf ihre Arme. Sie fühlten sich schwer an, als hielte sie in jeder Hand einen großen Stein. Trotzdem zwang sie sich, sie zu heben. Sie spürte, wie sich die großen Hände ihrer Freundin unter sie schoben, sie vom Boden hoben. Sherris Brüste streiften leicht die ihren, ihr Mund presste sich auf Nealas Lippen. Sie umarmte Sherri, so innig sie konnte. Dann senkte Sherri sie zurück auf den Boden.

»Du bleibst mit Johnny hier, bis ich mit der Kavallerie zurückkomme«, flüsterte sie.

Dann schlug ihre Faust erneut zu.

Neala wollte die Augen öffnen, konnte es jedoch nicht. Sie versuchte wieder, den Kopf zu heben, aber ihre Halsmuskeln streikten.

Es gelang ihr nicht einmal, als sie Johnny rufen hörte.

Dann war er über ihr.

»Neala? Neala, was ist passiert? Wo ist Sherri?«

Sie stellte fest, dass sie die Augen öffnen konnte. »Weg«, brachte sie hervor. »Gegangen ... Hilfe holen.«

Mehrere Minuten verstrichen, bevor sie in der Lage war, sich aufzurichten. Sie zog ihre Bluse an. »Ich wollte gehen«, erklärte sie. »Ich habe mich ausgezogen, damit ich mehr wie eine von ihnen aussehen würde. Aber Sherri hat mich aufgehalten. Sie ... O mein Gott!« Neala schob die Hand vorne in ihren Slip. »Nein! O Johnny!« Sie zog den Schlüsselbund hervor.

»Meine Schlüssel.«

»Ich habe sie genommen, während wir dir den Verband angelegt haben. Ich habe vergessen ... Als sie ... Sie hat mich einfach angegriffen, Johnny. Ich konnte nicht ... O Gott, was soll sie jetzt tun?«

Er schüttelte den Kopf. »Wenn sie es so weit schafft ... naja, dann ist sie ziemlich nah an der Straße. Sie kann ein Auto stoppen. Solange sie nicht bei jemandem aus Barlow einsteigt ...«

»Sie hat keine Chance.«

»Doch. Ihre Chancen stehen genauso gut wie ...« Er beendete den Satz nicht.

»Wie unsere«, tat es Neala für ihn.

»Gehen wir wieder hinein.«

Neala knöpfte ihre Hose zu. Johnny hatte Mühe, mit dem Schürhaken als Stock auf die Beine zu kommen. Neala half ihm auf. Er stützte sich auf sie und zusammen bahnten sie sich langsam den Weg zur Vorderseite der Hütte.

Als Neala die Tür schloss, ertönte in der Ferne ein Schuss.

Ihr Blick begegnete jenem Johnnys.

Er schwieg.

KAPITEL 33

Lander vernahm einen fernen Donnerschlag, der über die Wipfel hallte.

»Du Donner, schmetternd!«, rief er. »Schlag flach das mächtige Rund der Welt; zerbrich die Formen der Natur!«

Er streckte die Hände aus, um den Regen zu fühlen, spürte jedoch keinen. Lander neigte den Kopf zurück und spähte in den Himmel. Durch die Bäume zeichneten sich nur vereinzelte Flecken davon ab, doch die strotzten vor funkelnden Sternen.

Wenn es kein Donner gewesen war, dann vielleicht eine Schusswaffe. Er könnte eine Schusswaffe gebrauchen.

Zwar nicht halb so vergnüglich, wie sie mit Messer oder Axt zu erschlagen, aber praktisch. Er könnte die Schurken aus dem Hinterhalt erlegen!

Und sie verschlingen!

Wie seine Freundin, *La Belle Dame*.

Lander ging in Richtung des Schusses los und grinste, als er sich erinnerte. Oh, er hatte Stunden mit ihr verbracht. Er hatte sie erforscht, sie erkundet, sie zerlegt, sie gekostet. Was für ein seltenes Vergnügen!

Sein Körper war immer noch dunkel von ihrem Blut. Er hatte darin gebadet, es in jeden Zoll seiner Haut gerieben, den er erreichen konnte, dann hatte er sich auf ihren aufeinandergetürmten Organen herumgerollt, um seinen Rücken zu färben. Als er am Bach getrunken hatte, war er vorsichtig gewesen, um so wenig wie möglich davon abzuwaschen.

Als er sich nun betrachtete, stellte er fest, dass er so finster wie die Nacht aussah.

Ein Schatten, der sich durch andere Schatten bewegte.

Er huschte von Baum zu Baum, hielt häufig inne, um auf ungewöhnliche Geräusche zu lauschen und den Blick suchend durch die Dunkelheit wandern zu lassen. Lander schien allein zu sein. Sofern sich andere in der Nähe aufhielten, schlichen sie sich lautlos durch die Düsternis.

Sollten sie sich nur zeigen.

Ich werde sie erlegen.

»Schau! Welch einzigartige Nacht«, murmelte er.

Vor ihm bewegte sich der Boden. Er erstarrte. Lander wagte nicht zu atmen, während er beobachtete, wie das Geflecht von Laub und Zweigen von der Erde aufstieg, als erhöbe sich ein gewaltiges Tier aus seinem Grab. Geröll kullerte von der wachsenden Erhebung. Ein riesiger Schädel tauchte auf. Langsam drehte er sich Lander zu.

Ein Aufschrei des Grauens entrang sich seiner Kehle, und er ergriff die Flucht, raste an der zitternden Erhebung vorbei.

Als er durch die Dunkelheit rannte, hörte er hinter sich schwere, stapfende Schritte. Er schaute zurück und sog scharf die Luft ein.

Was ist das?

Oh, er hätte es nicht aufstehen lassen sollen! Er hätte sich darauf stürzen sollen, solange es noch unten war – und es in Stücke hacken!

Nun hatte er keine Chance mehr.

Keine Chance.

Mit einem Wimmern stieß er den Atem aus, als er durch ein Dickicht brach, das an seinen Beinen und Genitalien zerrte. Er riss sich davon los und blickte über die Schulter.

Oh, wie es aufragte!

Das wilde Haar des Dings flatterte.

Gebt acht! Gebt acht! Seine flammenden Augen, sein fließendes Haar!

O Gott, bitte lass es nicht ...

Lander hörte aufgeschreckte Stimmen. Zu seiner Linken. Er scherte seitwärts aus und raste darauf zu.

Schmerzen flammten in seiner Schulter auf. Seine Weste riss.

O Gott! *O Gott!*

Krulls drehten sich ihm zu. Sie schauten auf. Grauen sprach aus ihren Gesichtern. Lander stieß zwei von ihnen zu Boden und rannte an den übrigen vorbei.

Ein Schrei erschütterte den Wald.

»KRULL!«

Lander schaute zurück. Und sah, wie die riesige Gestalt eine kreischende Frau an den Haaren in die Luft hob. Sie herumschwang. Ihr den Kopf von den Schultern riss.

Er warf sich gegen einen Baum, kletterte die raue Rinde empor, suchte an Ästen Halt und zog sich höher. Höher. Dann klammerte er sich an einem Ast fest und blickte hinunter.

Das Ding hatte einen weiteren Krull gepackt, diesmal an den Beinen. Es spreizte sie. Biss die Genitalien ab. Zerrte an den Beinen, bis die Gelenke aus den Pfannen sprangen, und riss die Gliedmaßen ab.

Es ließ den Kadaver fallen. In geduckter Haltung drehte es den Kopf der Leiche, bis er sich löste. Es hob den Kopf der Frau auf und klemmte ihn unter einen Arm. Dann wandte es sich langsam um.

Zu Lander?

Verkrampft presste Lander das Gesicht an den Baum und schloss die Augen.

KAPITEL 34

Cordie lag auf dem Bauch inmitten der aufgespießten Schädel, als sie das Gebrüll von Manfred Krull hörte. Es stammte aus weiter Ferne.

Aber sie wusste, dass er bald eintreffen würde.

Mit neuen Köpfen.

Und er würde sie finden.

Sie hatte seinen Namen zu Lilly gesagt. *Pech der übelsten Sorte. Manche behaupten, er hört es, wenn man seinen Namen ausspricht, und kommt einen dann holen.*

Jetzt kommt er.

Sie hob den Kopf. Das offene Feld jenseits der Kreuze präsentierte sich verwaist. Die anderen mussten weggerannt sein, als sie ihn gehört hatten. Meine Chance!

Sie werden sich alle verstecken!

Aber wenn sie mich schnappen ... Immer noch besser, als dass er *mich schnappt.*

Zumindest hätte sie draußen im Wald eine Chance. Vielleicht konnte sie ihren Vater finden und mit ihm zusammen fliehen.

Sie schaute zurück zur Hütte.

Wenn sie bettelte, würden die anderen sie vielleicht hineinlassen.

Nein. Das ist der schlimmstmögliche Ort, an dem ich sein könnte, schlimmer noch als hier inmitten der Köpfe.

Die Tür konnte *ihn* nicht aufhalten.

Und die anderen hatten nicht einmal mehr das Gewehr. Das große Mädchen, diese Sherri, musste es genommen haben. Cordie hatte gesehen, wie Robbins und Neala ohne es zur Tür zurückgekehrt waren. Später hatte sie weit entfernt einen Schuss gehört.

Jemand hatte Sherri erwischt.

Gut. Die Schlampe hatte sie mit dem Schürhaken richtig verletzt – und hätte sie umgebracht, wenn sie gekonnt hätte.

Um die war es nicht schade.

Die beiden Miststücke verdienten, was immer ihnen widerfahren würde. Wären sie nur mitgekommen, dann wären sie mittlerweile alle in Sicherheit.

Ihr Blick wanderte zurück zu der vom Mondlicht erhellten Lichtung. Wieder sah sie keine Krulls. Dennoch sollte sie besser nicht in diese Richtung gehen, denn aus ihr war das Gebrüll gekommen.

Cordie drehte sich nach links und begann zu kriechen. Sie bewegte sich langsam und achtete darauf, nicht gegen die Pflöcke zu stoßen. Als sie ein Paar erreichte, das zu dicht beisammenstand, zwängte sie sich seitwärts durch. Ihr Rücken schabte über einen Pfahl, während ihre Brüste über den anderen strichen.

Es waren so viele! Die Reihen schienen kein Ende zu nehmen.

Trotzdem bewegte sie sich weiter, robbte, schleppte sich voran.

Bis ein leises Geräusch sie jäh innehalten ließ.

Das Knacken eines brechenden Stocks.

Sie ließ sich auf die Seite fallen und schaute zurück.

Er!

Er rammte ein Kreuz in den Boden, ganz in der Nähe der Stelle, an der sie das Gelände vor so langer Zeit betreten hatte.

Wie lange war er schon da?

Während sie hinsah, hob er einen Kopf empor und ließ ihn herabsausen. Ein feuchtes Geräusch ertönte. Dann riss er die Zweige von einem weiteren Pflock. Er befestigte einen Querbalken daran und rammte das Kreuz in den Boden. Auf die Spitze stieß er einen zweiten Kopf.

Anschließend betrat er das Meer der Kreuze.

Anmutig schlängelte er sich dazwischen hindurch, bewegte sich geräuschlos, berührte kein einziges Kreuz.

Cordie beobachtete ihn, wagte nicht, sich zu rühren.

Wie konnte er so schnell laufen, ohne gegen die Kreuze zu stoßen?

Er ist *der Teufel!*

Plötzlich drehte er sich in Cordies Richtung.

Er hatte sie gesehen!

Sie vernahm ein leises Wimmern, das sich ihrer Kehle entrang. Warme Flüssigkeit ergoss sich über ihren Oberschenkel.

Dann wandte er sich ab.

Sie stöhnte vor Erleichterung und beobachtete, wie er die letzten Köpfe hinter sich ließ.

Der Boden schien unter ihr zu erbeben, als er *»Krull!«* brüllte und die Tür der Hütte auftrat.

KAPITEL 35

Noch lange, nachdem die Kreatur verschwunden war, klammerte sich Lander an dem hohen Ast fest. Er wagte nicht, sich zu bewegen. Was, wenn das Ding zurückkäme?

Oh, es würde ihn in Stücke reißen!

Seine Beine wie morsche Zweige brechen.

Seinen Penis fressen.

Es gibt mehr Ding' im Himmel und auf Erden, als Eure Schulweisheit sich träumt, Horatio ... Oder in der Hölle. Die Dämonen hervorspie, auf dass sie durch die Nacht wandelten.

Lander schaute zu den im Mondlicht liegenden Leichen hinab.

Vielleicht waren sie als Köder zurückgelassen worden, die ihn hinunterlocken sollten. Käse für die Maus.

Du kleine Maus, du graue Maus ...

Köder für die Maus.

Fischlein und Würmer. *Dass die Tragödie »Mensch« benannt ... und der Eroberer »Wurm« ihr Held.*

Wurm ...

Vogelfutter. Fischköder.

Während er hinabschaute, hob die kopflose Frau einen Arm und zeigte auf ihn. Eine Gänsehaut breitete sich über seinen Körper aus.

Nein, nein, nein!

Das habe ich nicht gesehen. Unmöglich. Nein, nein, nein! Eine Sinnestäuschung.

Er rieb sich die Augen und sah erneut hin.

Immer noch deutete sie auf ihn. Sie setzte sich auf.

»Du bist tot«, flüsterte er.

Oh, ich träume.

Träume träumend, wie kein sterblich Hirn sie träumte je vorher.

Das kann sie nicht tun!

»Leg dich hin!«, brüllte er.

O Gott, er *wird mich hören. Er wird kommen, und sie wird auf mich zeigen. Er wird mich vom Baum schütteln, meinen Schwanz fressen, meine Beine wie morsche Zweige brechen und mit meinem Kopf davonlaufen!*

»Verdammt sollst du sein!«, spie er hervor.

Er kletterte vom Baum und stürzte auf sie zu. Sie legte sich hin, spielte die Unschuldige.

»Schurkische Dirne!«

Er rammte ihr das Messer in den Bauch. Immer und immer wieder. Während er zustach, fielen ihm ihre Brüste auf. Obwohl das Mondlicht getrübt war, sah er, dass sie merkwürdig schrumpelige Falten und Erhebungen aufwiesen.

Er begutachtete sie eingehender.

Über die Brüste spannten sich bleiche Hautfetzen, mit

Riemen an ihrem Körper befestigt. Er schnitt das Kleidungsstück los, hob es ins Mondlicht und stöhnte.

Die Fetzen waren menschliche Gesichter.

Kleine Gesichter, von kleinen Köpfen abgezogen.

Die Gesichter von Kindern.

Er warf sie zu Boden und starrte sie an. Dann hörte er hinter sich leise Schritte.

In die Falle getappt!

Mit einem Aufschrei des Grauens schaute er zurück. Die Büsche teilten sich und eine Frau kam daraus hervor.

Eine große Frau.

Eine mit einem Gewehr bewaffnete Amazone.

Sie zielte auf ihn.

»Nicht schießen!«

Sie zögerte. »Was ...«, setzte sie an. »Du ... wer bist du?«

»Einer, dessen Name in Sand geschrieben wurde.«

»He, ich kenne dich!« Sie senkte das Gewehr.

»Du bist ...«

Lander lachte auf und schwang das Messer.

KAPITEL 36

Neala zuckte zusammen, als die Tür krachend aufflog. Sie presste das Gesicht in das Rehfell unter ihr und wünschte, sie könnte darin versinken.

Schwere Schritte erschütterten den Boden.

Nein!

Sie biss die Zähne zusammen, bemühte sich, nicht zu schreien.

»KRULL!«

Ihr Körper erbebte, erschüttert von der Wucht seines Gebrülls.

Er ist *der Teufel! Cordelia hatte recht!*

O Gott, wir hätten flüchten sollen!

Jeden Moment würde er die Felle wegreißen, die sie bedeckten.

Gegrüßet seist du, Maria, voll der Gnade, der Herr ist mit dir. Du bist gebenedeit unter den Frauen ...

Robbins beobachtete in seinem Versteck hinter einem herabhängenden Rehfell, wie die riesige, dunkle Gestalt auf die gegenüberliegende Ecke zustapfte.

Sein Schwert klapperte gegen die Wand.

Die Kreatur wirbelte herum. Und verharrte reglos. Robbins hielt den Atem an. Er starrte das Ding an und erzitterte.

Das breite, ledrige Gesicht wirkte im Kerzenschein rötlich. Ein Auge fehlte. Die Höhle glich einem dunklen Loch, als wäre das Lid abgerissen worden. Das verbliebene Auge schien Robbins verächtlich anzufunkeln.

Dann blickte es auf den Fellstapel in der Nähe von Robbins' Füßen hinab. Robbins schaute hin. Er sah Nealas Haar. Einige Zentimeter davon ragten unter einem der Felle hervor, glänzten im goldenen Licht.

Die Kreatur sprang vor. Ihre riesige Hand packte Nealas Haar und riss daran.

Der Kopf kam zum Vorschein.

Das Ding duckte sich tief, als das Auge ihn betrachtete.

Robbins kämpfte sich hinter dem Fell hervor. Mit beiden Händen schwang er den Säbel. Die Klinge traf ihr Ziel und hackte den ausgestreckten Arm ab, der zu Boden fiel, Nealas Haar noch in der Hand.

Robbins zielte auf den Hals der Kreatur. Der verbliebene Arm schlug ihm das Schwert aus den Fingern und schleuderte Robbins gegen die Wand. Er prallte heftig dagegen und sackte in sich zusammen.

Neala, die sich in der gegenüberliegenden Ecke versteckte, hörte den Kampf. Sie schüttelte die Felle ab und erblickte das Ding, das mit dem Rücken zu ihr über Johnny aufragte. Mit einem Arm fasste es zu ihm hinab und packte ihn an der Kehle.

Leise rannte Neala durch den Raum. Sie sprang auf den

breiten Rücken, grub eine Hand in das wilde Haar und schlitzte mit dem Messer über die Kehle der Kreatur.

Blut spritzte auf Johnny.

Die Kreatur wirbelte brüllend herum und warf sich rücklings gegen eine Wand. Neala schrie auf. Sie verlor das Messer und rutschte vom Rücken des Dings.

Es streckte sich nach ihr, versuchte, ihre Haare zu ergreifen, verlor jedoch den Halt. Stattdessen packte es sie vorne an der Bluse und hob sie vom Boden hoch.

Blut ergoss sich aus der aufgeschlitzten Kehle auf sie. Der Mund öffnete sich weit. Neala schloss die Augen und spürte seitlich an ihrem Gesicht Zähne, die fest zupackten.

Plötzlich taumelte die Kreatur. Ihre Zähne lockerten sich nicht, aber die Hand ließ ihre Bluse los, und sie fiel zu Boden. Beim Aufprall schnitten ihr die Zähne in die Wangen.

»Alles in Ordnung.«

Johnnys Stimme.

Die Kiefer öffneten sich, und der Druck des Schädels hob sich von ihr. Johnny hockte über ihr und hielt den gewaltigen Kopf in beiden Händen. Er warf ihn beiseite.

Dann hob er Neala hoch und drückte sie an sich.

Später entwirrte Robbins Nealas langes, weiches Haar. Er löste es vom Kieferknochen des alten Schädels und warf den Kopf zur Tür hinaus.

Unter den Kreuzen vor der Hütte fand er eines, das stabiler zu sein schien als die anderen. Darauf spießte er den Kopf von Manfred Krull. Er stellte das Kreuz neben der Tür der Hütte auf.

»Sir!«

Als er sich umdrehte, erblickte er einen Mann, der sich durch das Meer der anderen Kreuze näherte. Der schlanke, blasse Unbekannte schob die Pflöcke im Gehen beiläufig beiseite.

Neala ergriff Robbins' Arm. Er sah, dass sie den Säbel hielt.

»Fürchtet euch nicht«, sagte der Mann.

Er trat zwischen den Kreuzen hervor. Um seine Beine flatterte ein Schurz aus Haaren. Vor Robbins blieb er stehen.

»Ihr habt den Teufel erschlagen«, sagte er. »Mit seinem Tode habt ihr eure Errettung erkauft. Wir werden euch in Sicherheit geleiten.«

»Wir können gehen?«, fragte Robbins.

»Erzählt niemandem, was ihr in diesen Wäldern gesehen habt, sonst ist euer Leben verwirkt.«

»Was ist mit den anderen?«, hakte Neala nach.

»Es gibt keine anderen.«

KAPITEL 37

Cordie kauerte in der Dunkelheit und beobachtete, wie Robbins und Neala dem alten Mann durch das Feld der Köpfe folgten.

Sie fragte sich, ob sie zu ihnen gehen sollte.

Dann jedoch fiel ihr Grars Warnung ein.

Dein Tod wird schrecklicher sein, als du es dir in Albträumen auszumalen vermagst.

Es galt immer noch. Musste so sein.

Flach auf dem Bauch lag sie inmitten der Kreuze und presste die Augen zu.

Sie war am Ende.

Tot.

O lieber Gott.

Wenn sie sich nicht bewegte, würden zumindest die Krulls sie vielleicht nicht bemerken. Sie konnte hier sterben und sich so vor ihnen retten.

Zeit verging.

Eine lange, lange Zeit.

Cordie hätte nicht gedacht, dass eine Nacht so lange dauern konnte. Dann verfärbte sich der Himmel hellblau, und schließlich ging die Sonne auf.

Als sie ein Geräusch hörte, hob sie den Kopf. Und erblickte Heth, der seinen beinlosen Körper zwischen den Kreuzen hindurchschwang. Sein Blick begegnete dem ihren.

»Nein«, flüsterte sie.

Ein seltsames Geräusch drang an ihre Ohren, ein rhythmisches *Wupp-wupp-wupp*. Sie schaute auf. Am gegenüberliegenden Ende der Lichtung tauchte ein Helikopter über den Baumspitzen auf.

»Großer Gott«, stieß sie hervor.

Sie sah zu Heth. Sein abscheuliches, aufgedunsenes Gesicht schien zu grinsen.

Cordie rappelte sich auf die Beine. Sie raste auf die Hütte zu, schwenkte die Arme über den Kopf und kümmerte sich weder um die Kreuze, gegen die sie stieß, noch um die Köpfe, die vor ihr herabkullerten.

Der Hubschrauber landete vor der Hütte.

Ein Passagier stieg aus – eine große Frau. Sie trug einen roten Overall. Und hatte ein Gewehr.

»Sherri!«

Cordie rannte auf sie zu.

Sherri setzte das Gewehr an der Schulter an.

»Nein! Bitte! Es tut mir leid!«

Der Schuss übertönte den Lärm der Rotoren. Cordie wirbelte herum. Einen Meter hinter ihr schwankte Heth auf seinen ausgestreckten Armen.

In seiner Stirn prangte ein Loch.

Er fiel nach vorn auf das Gesicht.

»Schwing deinen Arsch hier rüber!«, brüllte Sherri. Cordie lief zu ihr.

Nachrichten, Kanal 3
2. Juli

»Nun zu den Lokalmeldungen. Ein Aufgebot des Sheriff-Büros des Bezirks Mariposa ist von einer Durchsuchung der Wildnis westlich von Barlow nicht zurückgekehrt. Die 18 Männer betraten das unwirtliche Waldgebiet am Dienstag, um einer Meldung über mehrere Morde nachzugehen ...«

EPILOG

»Auf, auf!«, sang Lander leise, als er durch den dunklen Wald humpelte. Die Schussverletzung in seinem Bein war beinah verheilt.

»Auf, auf! Lasst uns singen an diesem Freudentag!«

Er trug das Mädchen über die Lichtung und ließ es vor seine Füße fallen. Das junge Ding stöhnte.

Nicht tot?

»Wie seltsam«, murmelte er. »Aber flugs behoben.«

Er zog das Beil von seinem Gürtel.

Ihre Augen öffneten sich. Ihre Hand fasste hoch und krallte sich in eine Handvoll Haar. Beinah hätte sie ihm seinen hübschen neuen Schurz von der Hüfte gezogen. »Bitte«, stammelte sie.

»Bitte? Hör ich recht?« Er kniete sich neben sie. Sein Blick wanderte über ihren vom Mondlicht erhellten Körper – einen Körper, der ihm zuvor, nach einem Schlag auf ihren

Kopf, solches Vergnügen bereitet hatte. Einen jungen, zierlichen Körper. »Wie nennt man dich?«, fragte er.

»Lilly.«

»Lilly. O Lilly, süß und schön, was gleichst du doch einer Blume.« Er berührte ihre kleinen Brüste. »Knospen und Blütenblätter. Süßer Nektar. Soll ich dich verschonen? Soll ich dich in meinen Palast mitnehmen?«

Ihre Hand schob sich durch das herabhängende Haar und berührte sein Glied.

»Vielleicht sollte ich das.«

Er steckte das Beil zurück und hob sie hoch, küsste ihren Busen. »Komm fort. Lass uns der Gottheit Propheten sein.«

Er trug sie durch den Wald der aufgespießten Köpfe.

»Grar«, sagte das Mädchen, den Blick auf einen der Schädel geheftet.

»Du kanntest ihn? Ein Bursche von unendlichem Humor. Nun ziemlich weggeschrumpft.«

»Ein Arschloch«, meinte Lilly.

Lander lachte. »Auf, auf! Was für ein Freudentag«, sagte er und trug sie zur Hütte.

Nachrichten, Kanal 3
11. Juli

»Nun zu den Lokalmeldungen. Eine zwölfköpfige Suchmannschaft ist nicht aus der Wildnis westlich von Barlow zurückgekehrt, wo vergangene Woche ein Aufgebot des Sheriff-Büros spurlos verschwand ...«

NACHWORT

von Brett McBean

Für mich gehören zu einem klassischen Laymon-Roman: knackiger, prägnanter Schreibstil; ein Tempo wie Mal Menigas politische Karriere; alltägliche Protagonisten, mit denen man sich identifizieren kann; ungezügelte Gewalt und ein pechschwarzer Sinn für Humor. Ein klassischer Laymon ist wie eine bluttriefende Achterbahnfahrt, die das Herz zum Rasen bringt und bei der einem schwindlig wird. Aber obwohl man zeitweise vielleicht etwas Übelkeit verspürt, fährt man weiter, weil es einen Heidenspaß macht. Sicher, es ist ein makabrer Spaß, aber schließlich hat Laymon Horrorgeschichten geschrieben: die ultimativen Lagerfeuergeschichten mit Laymon als Erzähler und uns als Zuhörern, die wir rings um die Flammen sitzen, jedes Wort von Laymon verschlingen und gelegentlich über die Schulter in die Dunkelheit hinter uns schauen – nur, um uns zu vergewissern, dass sich kein Wahnsinniger mit einer Axt anschleicht.

Vermutlich veranschaulicht kein anderer Roman von Laymon diese Eigenschaften besser als *In den finsteren Wäldern*. Richard Laymons zweiter veröffentlichter Roman bietet einfach alles: Man könnte sagen, es ist der Inbegriff eines Laymon-Romans.

Während *Der Keller* aus dem Jahr 1980 ein bemerkenswertes Debüt war – böse, düster und kompromisslos –, hat für mich der ein Jahr später veröffentlichte Titel *In den finsteren Wäldern* seinen Ruf als König der brutalen Splatter-Horrorbelletristik besiegelt. Laymons zweites Werk ist temporeicher und schauerlicher als der Vorgängerroman. Zugleich veranschaulicht es besser Laymons Fähigkeit, in einem Roman konstante Spannung und unablässiges Grauen zu schaffen.

In den finsteren Wäldern beginnt rasant und furios. Es gibt weder eine langatmige Hintergrunderläuterung noch blumige Gedanken über das Leben und die Liebe, bevor die Geschichte loslegt. Nein, wir werden bereits auf der ersten Seite mitten in die Handlung hineinkatapultiert. Und wenn wir das Ende des ersten

Kapitels erreichen, stellen wir fest, dass wir seit der ersten Zeile den Atem angehalten haben. Wir schnaufen gerade lange genug durch, um die Lungen mit Luft zu füllen, ehe wir uns in Kapitel Zwei stürzen. Das erste Kapitel von *In den finsteren Wäldern* zeigt Laymon in Bestform und veranschaulicht perfekt, weshalb er als meisterlicher Horrorautor gilt und sein Werk so geschätzt wird.

Im ersten Kapitel werden uns die beiden Hauptcharaktere vorgestellt, allerdings erfahren wir nur das Notwendigste über ihre Persönlichkeiten: Neala ist die Stillere, Vorsichtigere, Sherri die Extrovertiertere. Im Verlauf des Romans finden wir mehr über ihren Hintergrund heraus und lernen sie besser kennen, wenn auch nicht wesentlich besser. Das soll jedoch beileibe keine Herabwürdigung Laymons als Schriftsteller sein: Laymon war lediglich mehr daran interessiert, seinen Lesern eine Heidenangst einzujagen und ihnen ein wildes, unterhaltsames Vergnügen zu bereiten, als Charakterstudien anzufertigen. Laymon bevölkerte seine Geschichten mit Alltagspersonen – oft banal und mit Fehlern behaftet, wodurch man umso besser nachvollziehen kann, was sie durchmachen. *In den finsteren Wäldern* ist ein großartiges Beispiel dafür. Sowohl Neala als auch Sherri sind gewöhnliche Leute, die in eine Welt blanken Grauens gestürzt werden, genau wie die Familie Dills. Jede dieser Personen könnten auch Sie oder ich sein. Wenn wir die schrecklichen Dinge lesen, die sie durchmachen, fühlen wir uns ihnen daher verbunden – das Grauen widerfährt uns selbst.

Auch die Ortschaft und die umliegenden Wälder werden nur spärlich beschrieben, doch so wie bei den Protagonisten ist das alles, was wir brauchen. Die Lücken füllt der Leser selbst – so wird die Geschichte umso lebendiger. Nach den beiden ersten Kapiteln sind wir mit den Hauptprotagonistinnen vertraut, haben ein gutes Gefühl für das Umfeld und unser Magen ist vor angespannter Erwartung verkrampft. Nur zwanzig Seiten haben uns völlig in diese Welt mit ihrer einsamen Ortschaft, deren niederträchtigen Bewohnern und den unglückseligen Protagonisten hineingesogen. Die Leser auf Anhieb und so mühelos zu fesseln, war etwas, das Laymon immer wieder gelungen ist – eine seltene Gabe unter

Schriftstellern, erst recht unter Horrorschriftstellern. Und keiner von Laymons Romanen stellt das besser unter Beweis als *In den finsteren Wäldern* (außer vielleicht *Die Jagd,* ein Buch, das mit einer der heftigsten und verstörendsten Eröffnungssequenzen aufwartet, die ich je gelesen habe).

In den finsteren Wäldern glänzt nicht nur durch rasantes Tempo und einen wunderbar knappen Stil, sondern strotzt zudem vor Schrecken und düsterer Atmosphäre. Laymon war ein Meister, wenn es darum ging, Stimmung zu schaffen. Er konnte Szenen, manchmal ganze Kapitel schreiben, die einem kalten Schweiß auf die Haut trieben und das Herz zum Hämmern brachten; Szenen, die einen noch lange begleiten, nachdem man das Buch geschlossen und beiseitegelegt hat. In *In den finsteren Wäldern* gibt es zwei Szenen, die mir seit dem ersten Lesen des Romans vor fast zwanzig Jahren im Gedächtnis geblieben sind.

Bei der ersten werden die Protagonistinnen tief in die Wälder gebracht und an abgestorbene Bäume gefesselt, um auf die gefürchteten Krulls zu warten. Schon bis dahin hat Laymon eine Menge Spannung geschaffen (gewürzt mit einigen makabren Elementen wie der beinlosen Kreatur, die beide Mädchen mit einer abgetrennten Hand bewirft, und dem eitrigen Auge, das Lander hinter einer Tür hervor beobachtet). Wir rechnen also bereits damit, dass den Protagonistinnen, die uns ans Herz gewachsen sind und mit denen wir uns identifizieren, etwas Übles widerfahren wird. Aber als die Bewohner der Ortschaft Neala und Sherri in den Wald bringen und an die Bäume fesseln, schraubt Laymon das Grauen höher, denn wir erkennen, dass die Einwohner von Barlow zwar schlimm sind, es jedoch draußen in der Wildnis noch weit Schlimmeres gibt, was die Protagonisten erwartet. Betrachten wir diese Szene, in der Neala und Sherri zum ersten Mal bei den Bäumen eintreffen:

Auf der Lichtung stand eine Reihe von sechs Bäumen. Neala starrte sie an. Sie ragten hoch auf und besaßen dicke Stämme. Die hoch gelegenen Äste, die sich im Mondlicht abzeichneten, waren völlig kahl.

Was sie nicht sein sollten – nicht im Sommer. Sie sollten vor Blättern strotzen, die im Wind zitterten.

Die Bäume sind tot, *erkannte Neala.*

Sechs tote Bäume in einer Reihe.

Diese Szene veranschaulicht Laymons knappen Schreibstil, bei dem weniger mehr ist, und seine bemerkenswerte Fähigkeit, Atmosphäre und ein Gefühl der Beklommenheit zu schaffen – und all das mit nur wenigen Sätzen. Und weil wir uns bereits mit Neala identifizieren, fühlen wir ihre Angst umso stärker, als sie mit den Bäumen konfrontiert wird und erkennt, welches Schicksal ihr droht.

Eine weitere Szene, die sich mir ins Gehirn gebohrt hat wie eine rostige Spitzhacke, ist die, in der Neala, Sherri und Robbins auf die Hütte stoßen, die ein Meer von Pfählen mit daran aufgespießten Köpfen umgibt. Schon dieses Bild allein ist grauenvoll, aber Laymon steigert das eklige Szenario noch, indem sich die drei einen Weg durch das Feld der Pfähle bahnen müssen, um die Hütte zu erreichen – während sich die Krulls im Wald befinden und sie mordlüstern dabei beobachten.

Der Abschnitt, der ihren Marsch durch das schauerliche Labyrinth der Trophäen schildert, wobei die verwitterten Köpfe kaum mehr als Totenschädel mit im Wind flatternden Haarfetzen sind und die Protagonisten auf herabgefallene Köpfe treten, demonstriert Laymons herrlich grauenvolle Fantasie und ebenso seinen bizarren Sinn für Humor.

Es sind solche Szenen, die sich ins Gedächtnis brennen und den Roman auf die Stufe eines schaurigen Kunstwerks heben.

Zu Laymons zahlreichen Stärken als Schriftsteller gehört sein ausgeprägtes Gespür für visuelle Schilderungen: Sein Erzählstil ist lebendig und springt förmlich von den Seiten. Beim Lesen seiner Bücher grübelt man nicht über die Poesie seiner Prosa nach oder sinniert über langatmige Lamentos, sondern stellt sich seine Welt bildhaft vor. In dieser Hinsicht sind Laymons Bücher sehr filmnah. Sie konzentrieren sich auf die Handlung, statt das Thema oder die Figuren in den Vordergrund zu rücken.

Ich habe den Eindruck, dass Laymon stark vom Kino beeinflusst war. Es heißt, Laymons Romane seien wie gedruckte B-Horrorfilme. Dem stimme ich bedingungslos zu. Allerdings sind sie keine B-Romane und darin liegt der Unterschied. Laymon gelang es, das düstere, gewaltschwangere, unberechenbare Wesen von Exploitation-Filmen aus den 1970ern und 1980ern einzufangen und daraus genauso gewaltschwangere, unberechenbare Romane zu machen – die jedoch zudem gut geschrieben sind. Durch bestechend einfache und trotzdem fesselnde Handlung, hohes Tempo, visuelles Flair und Dialoglastigkeit wird man beim Lesen eines Laymon-Romans unweigerlich an einen Film erinnert, und *In den finsteren Wäldern* zählt zu Laymons filmähnlichsten Büchern.

Ich finde, eine der großen Ungerechtigkeiten des modernen Horrorkinos ist, dass es bislang noch keine filmische Umsetzung eines Romans von Richard Laymon gibt.

Ich finde, die größte Ungerechtigkeit überhaupt ist, dass seine frühen Romane nicht bereits zu der Zeit verfilmt wurden, als sie ursprünglich erschienen. Jeder seiner Romane aus den 1980ern hätte sich perfekt für einen Horrorstreifen dieser Epoche geeignet – Filme, die man heute zweifellos als Kultklassiker betrachten würde. Man stelle sich *Der Keller* als düsteren Low-Budget-Film vor, gedreht um 1981 von einem Regisseur wie Tobe Hooper; *Parasit* unter der Regie von David Cronenberg 1987 oder *Das Grab* als blutiges, schwarzhumoriges Spätachtzigerwerk von Stuart Gordon. Und ein Filmemacher wie Wes Craven hätte im Anschluss an den brutalen, intensiven Low-Budget-Klassiker *Hügel der blutigen Augen* aus Laymons genauso brutalem und intensivem zweiten Roman einen harten Klassiker des Hinterwäldlerhorrors erschaffen können.

Leider ist das nie geschehen.

Und dennoch, *In den finsteren Wäldern* vermittelt durchgängig die trostlose, naturalistische Atmosphäre von Horrorfilmen aus den 1970ern und frühen 1980ern. Es ist der beste Low-Budget-Exploitation-Horrorstreifen, der nie gedreht wurde, und vereint in sich die unerbittliche Grimmigkeit von *Das letzte Haus links* und *Ich spuck auf dein Grab*; das Backwood-Grauen von *Hügel der blutigen Augen* und *The Texas Chainsaw Massacre – Blutgericht in Texas*; dazu den blutigen Spaß und den bizarren Humor von *Muttertag* und *Hotel zur Hölle*.

Ich glaube, es ist kein Zufall, dass all die zuvor genannten Filme in Laymons Liste seiner *60 Lieblings-Horrorfilme* in seiner Autobiografie *A Writer's Tale* stehen, die zugleich ein Schriftstellerhandbuch darstellt. Es würde mich nicht überraschen, hätte Laymon einige dieser Filme im Hinterkopf gehabt, als er *In den finsteren Wäldern* schrieb. Vielleicht wollte er einen genauso brutalen, grimmigen und gnadenlosen Roman schaffen.

Wenn dem so war, dann ist es ihm zweifelsfrei gelungen.

So wie jene Low-Budget-Horrorfilme aus den 1970ern und frühen 1980ern (und wie jener andere berüchtigte Horrorroman aus dem Jahr 1981, Ketchums *Beutezeit*) sprengt *In den finsteren Wäldern* die Grenzen von Gewalt und Sex und bietet Horror fernab seiner Wurzeln in der Schauerliteratur, indem ein sehr realistisches, beängstigend plausibles Szenario geschaffen wird, in dem es kein Licht am Rand jener finsteren Wälder gibt.

Das wahre Monster in Laymons Roman ist keine untote Kreatur, die in einem fernen Schloss lebt, sondern der Nachbar von nebenan. Der Horror entsteht aus dem Alltag heraus in einer gewöhnlichen Ortschaft, einer wie vielen anderen, durch die man auf dem Weg irgendwohin fahren könnte.

In den finsteren Wäldern ist ein klassischer Laymon: Der Roman enthält alle Elemente, die seine Bücher einzigartig, furchteinflößend und unterhaltsam machen.

Das Buch gleicht einer raschen, vor Blut strotzenden Geisterbahnfahrt.

Es ist wie Menschenfleisch, das von jeglichem Fett befreit in einer wahnsinnigen literarischer Orgie verschlungen wird.

Wenn *Tanz der Teufel* die ultimative Erfahrung war, was mörderischen Terror betraf, dann ist *In den finsteren Wäldern* ohne jeden Zweifel das literarische Pendant dazu.

Brett McBean, August 2011